文芸社セレクション

泡となって消えるまで

蔵中 幸

KURANAKA Sachi

JN179317

文芸社

目次

溶けない初恋

『これは初めての恋の物語だ。いつまでも雪のように積もり、そして溶けずに残っている。そんな初めての恋の——。』

彼女…『浜口梨乃《はまぐちりの》』は恋愛経験どころか初恋も遅かった。

それは彼女が一人娘で両親から愛されていた事。更に他の人達との間に特に揉め事が起きず友人と呼べる者達もちゃんといたからか。人間関係を中心に恵まれた環境の中で過ごせていたからか。同世代の子達のように特定の人に特別な好意を寄せるという内容…いわば恋愛話や、校内等で繰り広げられていた恋愛模様に対し積極的に参加しようとはしなかった。『充実した日々』というのを送れていたからだ。その上、恋愛話の代わりに彼女は芸能人や雑貨等の、いわば『流行りもの』と呼ばれる分野は好きだったからだろう。皆との交流に困る事はなかった。

そんな恋とは無縁であっても充実した日々を過ごしていたはずの梨乃。だが、その日々も変わる事になる。何となく通っていた大学で『ある人物』に出会ったのだ。

『白山小太郎《しらやまこたろう》』という若者に…。

（不思議な感じだったけど…。でも素敵な人、だな…。）

基本的に他人と接する事に苦痛を感じない梨乃の性格は大学に入っても変わらなかったので、友人と呼べる者も入学して1年が経過する頃には複数人いた。片や小太郎は常に1人でいる姿しか見ない。梨乃にとってはほとんど関わった事がない空気をまとった若者で、『女好きの男達に絡まれていた時に声をかけてくれた事で助かった。』という出来事がなければ関わる事もなかったかもしれないような人物だった。それでも一見すればただ物静かであっても、時々草木が覆い茂った自然の中で生きる獣のような力強さがあるのに気が付いた事。更に表面上では分かり難いが、何か強い決意も宿しているような人物で。それらの姿が魅力的に映ったのだろう。最初は興味本位だけで見ていたというのに、気付けば小太郎を探すように目線を動かし始める。そして1つの事を考えるのも苦手ではなかったからか。『白山小太郎』の事をよく考えるようになる。それは気付けば恋というものへと変化していったらしい。時間の経過と共に小太郎の事を探す動きや想う時間は増えていった。もっとも恋というものの経験がなかった梨乃は友人に指摘されるまで気付けなかったのだが。

　そんな少し遅いと言われてしまうであろう初恋を経験する事になった梨乃。すると遅すぎた事もあってか、梨乃は思い悩んでしまう事になる。小太郎との距離の縮め方が分からなかったのだ。むしろ『大学が同じ』という事しか元々、接点らしい接点が見つけられないような相手だったせいか。彼と更に関わるきっかけすら摑めずにいたのだから…。

（どうしよう…。）

　これが出身地域が同じ、少なくとも同じ年齢ならば違っていただろう。たとえ出身校や家庭環境が異なっていても接点が出来るからだ。だが、それすらも存在しない相手とはどう関われば良いのか分からなかった梨乃は頭を抱えるばかりだ。何より特に何の目的もなく入学した自分とは異なり、小太郎はこの大学に対し強い想いを持っていたようだ。周囲と交流する姿はほとんど見かけなくても成績は優秀で、課題もいつも早めに提出。素晴らしい大学生として有名だった。そして有名だったからこそ小太郎が講義の後に何処かに行っている事を他の学生達から聞き知ったからだろう。熱意がない自分にショックを受けるが、それ以上に小太郎の事が気になっているのを自覚。

遂には僅かでも名前が出てくると聞き耳を立ててしまうほどに『白山小太郎』という存在に入れ込んでいった。

すると高校時代からの友人…『加奈《かな》』は、梨乃の変化にもすぐに気が付いた。それが遅くても強い想いが込められた初恋である事を知っていて、同時に何かしてあげたくなったのか。徐に口を開いた。

「…そんなに彼に近付きたいなら物理的に近付けば良いんじゃない？」

「物理的って…難しくない？　名前と学年とかは分かっても出身地とかの共通点ないし。そもそも何かに所属しているみたいだけど、それも分からないんだよ？　かと言って、聞き回るのもどうかって思うし。」

「…『白山小太郎』20歳。文学部の民俗学を専攻し『あるサークル』にも所属。で、その所属しているサークル活動の方に力を入れているみたい。学部や研究所への活動よりもね。」

「サークル？」

「ええ。『怪奇調査団』っていうヤツね。ちなみに良い成績を保って課題とかも早めに提出したりするのはサークル活動に集中する為じゃないかしら？　あくまで予想、だけど。」

「何でそんなに詳しい…っ、もしかして加奈もあの人の事が…？」

「いや、違うから。絶対。」

恋を自覚し小太郎の事を何かと気にするようになった自分よりも、彼の事に対しあまり興味がなさそうな友人の方が知っている。それに疑問を覚えた梨乃は思わず問いかけるが、その指摘に当の加奈は真っ向から否定する。そして携帯を操作しながら続けた。

「別に彼の事が好きとかじゃないから。ただ集まった情報を言っているだけ。」

「集まった情報…？」

「そう。講義が同じになった子の中に噂を集めて他の人達にも話すのが好きな子がいてね。その子がよく大学内の事、しかも教授や学生達の事とかをメールに書いては送ってくるのよ。で、その中に『白山小太郎』の事も書いてあったの。こんな風に。それをただ言ったたってだけよ。」

「へぇ～…。」

「『へぇ～…。』って。このグループに入ればもっと色んな話が出てくるわよ？　まぁ、アンタは相変わらずこういうの苦手みたいだから難しいんだろうけど。」

「あ〜、うん…。話をするのに相手の顔とか声が聞こえないのが何か嫌なんだよね。『話をするなら顔を見せて！　せめて声を聴かせて！』って思っちゃって。逆に加奈はそっちの方が苦手なんだっけ？」

「ええ。実際に顔を合わせると見た目で判断されがちだもの。それよりは文字の方が楽じゃない？　勝手な判断されないから。」

『白山小太郎』に関する情報の集め方について加奈が話してくれた事に対し終始気まずそうな顔をしてしまう梨乃。自ら宣言する通り人と文字だけでのやり取りが苦手だからだ。すると逆に相手と顔を合わせて直接声に出して言葉を交わすよりも、文字を通してのやり取りの方が加奈は得意だった事。それにより携帯のメッセージ機能に未だ良い顔をしない梨乃の姿に呆れてしまったらしい。思わずタメ息を吐いてしまう。

そして携帯を操作しながら再び話し始めた。

「私は『白山小太郎』の事、ってよりもサークルの方が気になるわね。『怪奇調査団』の方が。」

「そんな名前のサークルなんだ。どんな活動をするの？」

「文字通り怪奇、つまり『科学では説明出来ない物事や現象』について語ったり調査しに行ったりするみたいね。ちなみに立ち上げたのは民俗学に所属していた元院生の講師らしいわ。といっても、公式として認められているかも微妙なぐらい小規模だから、集まった情報もそれぐらい。だから信ぴょう性を問われると微妙かもしれない。ただ…。」

「？　ただ？」

「所属している人の数が少ないからサークルに入れるんじゃない？　募集もしているみたいだし。だから『白山小太郎』に物理的に近付く方法の1つにはなる…。」

「っ、そっか！　さすが加奈！　頭良い！」

「…どうも。」

集まった情報は僅かである事を口にしていた加奈だったが、小太郎の事を少しでも多く知りたいと考えていた梨乃にとっては貴重に思えるもので。更には加奈が続けた話が名案だと思えたからだろう。勢いよく手を取ると瞳を輝かせ声も弾ませる。それは顔を合わせ言葉を交わす以上に他人との接触が苦手な加奈にとっては嫌な行為ではあったが、友人の嬉しそうな姿は不快ではないからか。タメ息を吐きながらも応えるのだった。

こうして小太郎に近付く為に『怪奇調査団』へ入った梨乃。だが、入る事を決めた理由が理由だったせいだろう。すぐに壁のようなものに当たっている事に気が付いてしまった。

まず怪奇に関する知識が足りないのを思い知らされた事だ。怪奇というのが加奈の口にした『科学では証明出来ない物事や現象』であるというのは改めて調べた事で分かった。更には調べていく中で最近の怪奇と呼ばれるものは『都市伝説』と表され、その内容を見聞きする事も不快ではない。つまり怪奇というものに対し抵抗がなかった為、サークル活動についても特に戸惑う事はないと考えていたのだ。だが、怪奇と一言で表現されていても、地方ごとに様々な風習が存在する事。その中には『都市伝説』と一言では表せられないほどに歴史が長く、根深いものが含まれていたりもしていたのだ。何より大半が恐ろしさを感じさせる不可思議な内容で。それらを見聞きする度に梨乃は寒気を覚えてしまった。

そして梨乃が最も壁に当たったような感覚になっているのは小太郎との事だった。

同じ『怪奇調査団』に所属していても一向に距離が縮まっていなかったのだ。利用許可が下りている事で活動拠点にしている旧講堂の空き教室を訪ねては挨拶も兼ねて声をかけたり、差し入れとしてお菓子を用意し配ったりもしていたというのにだ。むしろ声をかければかけるほど応えてくれず無視されれば良い方で、段々自分へ向けてくる瞳が鋭くなり漂う空気も冷たさを強められてしまったのだ。まるで氷のような冷たさと痛みを感じさせるものに…。

（何で…何であんな風に冷たくしてくるんだろう…。私は少しでも仲良くなりたいだけなのに…。）

いつまで経っても冷たい小太郎の事が過り、思考までも沈んだものになってしまう梨乃。しかも加奈からの情報で『怪奇調査団』に所属している人数が小規模なのは知っていたが、それが自分と小太郎以外では2人だけだった事。その2人というのも『田中』と『佐藤』という男女だったのだが、独特な雰囲気を持っていたのだ。田中の方は口調こそ敬語であるが雰囲気や態度は軽い青年で、佐藤の方は表情を変えず淡々と話す少女。どちらも接し方に迷ってしまう者達だったのだ。そして日常でも接し方に迷う者しかいない事で、当然小太郎について相談も出来ないせいか。痛みを覚えてしまった梨乃は時々頭を抱え、タメ息のようなものも漏らしていた。

それでも諦めずに『怪奇調査団』へと顔を出し、小太郎に声をかけたりしながら3ヶ月が過ぎた頃だ。田中から不意に声をかけられたのは…。

「おや？　今日もタメ息ばかりみたいだね？　幸せが逃げてしまうよ？　浜口君。」

「…え？」

「…そうね。彼の言葉を借りるつもりは全くないし、したくもないけど。あなたの話を聞きたいわ。同じサークル仲間として。いつも私達の事を気遣ってくれている優しいあなたの話が。」

「っ、田中さん…佐藤さん…。」

直前まで作業…田中は口裂け女を、佐藤は烏天狗についての情報をまとめていて。それを梨乃は文献を手渡したりする等して手伝っていた。だが、集中していたはずなのに急に話しかけられた事。更に田中だけではなく普段あまり話しかけてこない佐藤からも声をかけられたのだ。普段の事もあり梨乃は戸惑ってしまう。それでも話しかけてくる様子から2人が気遣ってくれているのに気付いたからだろう。特に佐藤が口にしていた『サークル仲間』という言葉が疲れた心に染み渡った梨乃は応えようとした。だが、声に出す前から分かっていたらしい。その事を物語るように再び田中からこう告げられた。

「どうやら恋の、いや正しくは白山君の事で悩んでいるようだね？　そうだろう？」

「…っ!?」

「…『そうだろう？』じゃないわよ。アンタって昔から遠慮がないんだから。そういうのは少しずつ聞き出すのが礼儀でしょう？　だから人気がないのよ。特に女子から。…この前もふられていたみたいだし。」

「ちょっ！　今、それは関係ないだろう!?　というか、君見ていたのかい!?」

「さぁね。」

「えっと…。ありがとう、ございます？」

　小太郎の事を告げられ目を見開き固まってしまう梨乃。だが、動揺してしまう自分の前で田中と佐藤は漫才のようなやり取りを繰り返していた事。その様子はサークル内で度々見かける日常的な光景だったからか。いつもの様子を見せてくれた2人に戸惑いを残しつつも感謝の言葉を口にするのだった。

そして2人のその様子のおかげで自身の想いを吐き出す気力が湧いたからだろう。梨乃は椅子の上で座り直すと話し始めた。

「2人の想像していた通りです…。彼の、白山君の事を考えていました。彼と仲良くなりたいのに、なかなか難しいから…。最近になってようやく雪山の事を調べているって気が付いたけど…その理由も分からない。役に立ちたい、って思ってもどうすれば良いのかが…。」

「浜口君…。」

自身の想いを話す気力に促されるがままに言葉を紡ぐ梨乃。だが、改めて口にすればするほど初恋を自覚してから状況が変わっていない事を思い知ったせいか。梨乃の表情は沈んでいく。すると梨乃の表情に同じように沈みそうになっていた田中の一方で佐藤は口を開いた。

「…そんなに自分の事を責めなくて良いと思う。『彼について知らない、分からない。』っていう事に対して。私もこの人も…白山君について知らない事の方が多いんだから。」

「…そう、なんですか?」

「ええ…。あなたが言っていた通り白山君が山の事…特に雪山について調べている事は間違いないと思う。私達も…それを見てきたから。更に言うならば『山に棲むもの』について、ていう事も。ただ…理由は私達でも分からない。…自分の事を『白山小太郎』君は語らないもの。…誰かみたいに口が軽くないから。」

「…？　あれ、気のせいかな？　また僕の話になっているのは。」

「はいはい。」

「適当に返事をしないでくれたまえ！　大泣きしてしまうよ!?」

「…。」

　再び漫才のような事を始める2人の姿に困惑してしまう梨乃。それでも表情は直前よりも穏やかなものになっていき、その変化が梨乃が落ち着きを取り戻していったのを示すものだからだろう。田中と佐藤は密かに胸を撫で下ろすと、思い付いたかのようにこんな事も告げた。

「そうだ！　白山君の事を知りたいなら『あの人』に聞いてみれば良いんじゃないかな？　漆崎《うるしざき》さんに。」

「漆崎さんって、ここを立ち上げたって人ですよね？　でも、ここにあまり顔を出していない人でもありますよね？　どうして…。」

「…確かにあなただけではなく、私達よりもここに来る事は少ない人ね。でも白山君の事を聞くなら相応しい人、だと思う。白山君が『怪奇調査団』に入る前…いえ、この大学に入学する前からの知り合いみたいだから。…詳しくは分からないけど。」

「そうそう。少なくとも僕達よりは彼の事を知っているはずだからね。話をする事自体は悪くないんじゃないかな。」

「っ、はい！　教えてくれてありがとうございます！」

田中と佐藤が自分へ助言をしようとしてくれていたのに気が付いたものの、その内容が2回ほどしか会っていない人物に近付き相談してみる事だったのだ。思わず聞き返してしまうのは仕方ないだろう。だが、2人が話してくれた理由に僅かでも納得した事。何より小太郎の事を更に知る為には少しでも動きたかったのだ。小太郎の事を漆崎が知っているという事に疑念を残しつつも、行動を起こす事を決めていった。

それから2日後。田中から漆崎が大学にいる事。更には旧講堂内にある『怪奇調査団』が使っている部屋に来ると聞いた梨乃は会う事を決意。漆崎に待って貰う事を田中に頼むと、講義の後に旧講堂へ訪ねる。そして必須だった講義に出席した後に旧講堂へ向かうと、緊張を僅かに覚えながらも『怪奇調査団』の部屋へ。待って貰っていた漆崎と対面した。

だが、話を聞いた事で梨乃の心は再び重苦しいものになってしまう。話が同じ『怪奇調査団』の仲間に話を聞いて貰えた事で少しでも胸の中が軽くなっていたというのにだ。漆崎から聞く事が出来た、小太郎が人と距離を置く理由について初恋が絡んでいた事。しかも相手が人とは異なる存在で、更に言うならば『妖《あやかし》』や『怪異』と表現され存在だと知ったのだから…。

（そんなの…どうすれば良いんだろう？）

『初恋』というものが遅かった事もあってか。『それが大切なものである』という事も知ったのは最近になってからだ。だが、知ったからこそ梨乃は益々苦しくなってしまう。自分では敵わないと思ってしまったのだから…。

するとと梨乃の様子や直前の話から、彼女が小太郎に好意を抱いている事。その好意が強く、表情までも暗くしていく彼女の姿に何かをしてあげたくなったのだろう。こう口にした。

「…ここからは私の独り言と思って聞いて下さい。私は待っていたんです。彼…白山君へ好意を持つ方を。それも強い想いを持ってくれる方を。」

「どういう、事ですか？」

「彼が危うさを感じさせる子だからです。今、話したように彼は1つの事だけを考えて生きています。自分の望みである初恋を実らせるという事だけをです。もちろん人間というのは『そういう存在』でもあります。望みを叶えようとする想いが生きる力にもなりますし。ですが、白山君は極端すぎる部分がありまして…。『望みが叶うのなら人でいられなくなっても構わない。』と思っている節がある。他者との関わりを絶ってしまうほどに。まるで自身が人間である事を拒むようにね。」

「人間である事を拒む…。」

「はい。だから私はあなたのような人がいて欲しいと思っています。白山君へ好意を持つ人。それも少しでも長い時間、その感情を持ち続けてくれる人が。そういう人がいれば彼は人間でいられると思いますから。だから…お願いしますね、浜口さん。」

「っ、はい。」

小太郎と親しい漆崎から言われた事。それだけで初恋が成就もしていないというのに不思議と嬉しくも感じたからか。瞳には涙が未だ残っていたが喜びの表情を浮かべ、声も力強いものを発しながら梨乃は頷く。胸の中には確かに『小太郎への初恋は実る事が非常に困難だ。』と気付き、苦痛を感じた状態のままだというのにだ。そして梨乃のその状態に漆崎は気付いていたのだろう。切なそうな様子で見つめていたのだった。

こうして漆崎からの話で小太郎に対する初恋が実る事が非常に困難だと改めて知ってしまった梨乃。だが、芽生え自覚した時期は遅くとも強くなり易いものが初恋だからだろう。痛みを感じながらも梨乃は小太郎に接し続ける。相変わらず冷たい態度を取られているというのにだ。すると『怪奇調査団』の活動を続けているせいか。最近では『怪異』や『妖』等の存在について少しずつ興味を持てるようになってきた。特に小太郎の影響で『山に棲むもの』に対して興味が湧き、サークル活動以外の時間でも調査。その結果を加奈に話しては呆れられるようになっていた。それでも体は自然と調査の為に動き続ける。そうすれば小太郎との距離が縮まっていくように感じる事が出来たから…。

そんなある日の事だった。図書館で大学の傍に立つ図書館にいた時に小太郎からこう声をかけられたのは…。

「調べているのか？　山の事。」

「…え？」

「持っている本。ほとんどが離れた地域の事が書かれているやつだ。それも古い歴史や伝承が多く残る場所の。あとアイツ…田中も言っていた。『彼女は今、山の事が気になるみたいだね。』と。だから少し気になっただけだ。」

「…っ。」

「それで…山の何について調べていたんだ？」

「あ、はい…。といっても、大した事は調べていません。そもそも私は知識、が少ないですから…。『山に何がいるのか？』という所から調べていました。シカやクマとかの動物以外に何がいるのか。特に妖とか怪異はどんなものが話によく出てくるのかを。それで調べていく内に天狗や鬼、あと雪女の伝説はどの場所にもほぼ必ずあるっていうのが分かったんです。でも、それが分かった事でもっと気にもなりました。『違う山でも似た話が、存在が伝わるのは何故か？』って。」

「…。」

「その…すみません。色々と話してしまって…。」

図書館で急に話しかけられた事。しかも相手が小太郎だったからだろう。驚きや戸惑いよりも強い喜びが芽生えてしまった事で言葉を吐き出し続けてしまう梨乃。だが、途中から小太郎が何も言わなくなってしまったせいか。急に気まずくなった事で今度は勢いよく謝罪した。

だが、小太郎の方は特に気にしてはいないらしい。それを物語るように再び口を開いた。

「それで…どうするんだ？」

「どうする、って…。」

「この後の事だ。…まだ何か考えがあるんじゃないのか？」

「あ、はい…。一応、考えてはいます。その…この本達の中に載っている、どれかに行きたいなって思っています。本とかだけじゃなくて…実際に見てみたいから…。」

「…。」

「もちろんどの本に載っているのも場所が場所だから、泊まりの可能性もある旅行になるかもしれません。その分、色々と大変にもなる、かと思います。でも…頑張ります。知りたい事だから。そ、それに…。」

「…？　何だ？」

「役に立ちたいんです。その気になっている人の…好きな人の。」

小太郎に促される形で山に関する書籍等を手にしていた理由について話す梨乃。もちろん『好きな人』という部分では小太郎の事を見つめながらだ。もっとも小太郎の中では梨乃の存在は小さいものだからか。終始淡々とした様子だったが。


そんな小太郎の姿に改めて落ち込み、胸の中の重苦しさも強くなってしまう梨乃。だが、沈み続けていても何も変わらない。何より実際に言葉にして吐き出した事で『小太郎の役に立ちたい』という想いが強くなったからだろう。小太郎が図書館から出て行った後も手に取っていた5冊の書籍に目を通すと、次々とノートに情報をまとめていく。そしてノートにまとめた情報を基に調査の為の旅行を計画。大学生の夏期休暇が長い事もあり、遠い所から調べに向かう事も決めた。

　だが、それらの梨乃の行動にも小太郎は気が付くが、その心境まではやはり理解出来ていなかったらしい。『怪奇調査団』の部屋にて作業をしている梨乃に再び近付くと、こんな事を言い放ったのだから…。

「まだ『そんな事』をしているのか。無駄だというのに。」

「ちょ…白山君!?」

「…その言い方はないと思うけど。」

「無駄な事だから言っているだけだ。」

　小太郎の言葉に思わず声を上げる田中と佐藤。梨乃が抱く小太郎への想いを知っていたからだ。だからこそ言葉以上に鋭い眼差しで睨み付けるが、当の小太郎には当然響いていないようだ。現に2人の姿にも淡々とした様子だった。

　一方の梨乃は室内の空気が張り詰めていくのに息を呑む。だが、小太郎が口にした言葉に対し言いたい事もあったからか。徐に口を開いた。

「…あなたと関われそうな事だったからです。調べたりしている理由は。」

「あ?」

「確かに調べても求めている情報はなかなか出てきません。旅行という形の調査も無駄かもしれない。けど…私は続けます。だって、ようやくあなたに関われる事を見つけられたから。」

「…。」

「それに…漆崎さんからも話を聞いて知ったんです。あなた…白山さんが『山にいるもの』について調べている理由が大切な人に…雪女に会う為だって事を。そして知ったからこそ動かずにはいられない。…大切な人の事だから。」

「っ、お前…。」

「私は…この大学に入った時も特に目的はありませんでした。でも今は…あなたのおかげで目的が出来たんです。だから続けさせて下さい。お願い、します。」

「っ。」

否定するような事を小太郎から告げられてしまったが、何とか怯まずに応え頭も下げる梨乃。すると梨乃のその真っ直ぐな姿に息を呑みながらも呆れてしまったらしい。タメ息を漏らした後、こう告げたのだから…。

「…難しい、と思うけどな。」

「え…。」

「お前が行ってきた調査方法はもうやってきたんだ。『彼女』と会えなくなってから

20年近くは経つから。…けど、いくら行動を起こしても再会出来ない。それどころか調べても情報すら出てこないんだ。『彼女』に会えていた山近くの所を中心にめぐってもな。見つかるのは、あくまで伝承や言い伝えとかの噂ばかりだった。だからお前が調べたところで何も出ない。多分な。」

「…っ。」

「けど、それでも良いのなら…勝手にすれば良い。」

「っ、はい！　ありがとうございます！」

長年『彼女』を探しても繋がりそうな情報ですら一向に掴めていない。だからこそ梨乃の方が先に見つかるとは思っていないのだろう。小太郎は終始投げやりとしか思えない態度だった。だが、その様子でも相手は梨乃にとって初恋の人で。応えてくれた事だけで喜びを感じてしまったからか。淡々とした言葉と態度を返されただけだというのに、嬉しさにより表情までも緩めてしまうのだった。

こうして小太郎に気付いて貰えたおかげで気分が高揚したからだろう。調査の為の旅行計画をより煮詰めていく。そして最終的には梨乃に小太郎だけではなく、田中や佐藤も含めた『怪奇調査団』の全員が参加する事。漆崎も顧問として同伴し、その計画での了承も取れたからか。小太郎が20年も再会を望んでいる存在…雪女を探す為の旅を行えるようになった。

だが、旅の計画が無事に通った事で梨乃の中に悩みが生まれてしまう。長い時をかけて行動を起こしていた小太郎ですら摑めていない情報を、今更手に入れられると思えないからだ。調査とそれを基に旅の計画を立てた時には無意識の内に相当に集中していたのだろう。気付かずに済んでいたというのに…。

(…って、今になってこんな事考えていたら駄目! 来週には調査に行くんだから!)

初めて恋というものを知って。その相手である小太郎の事を少しでも多く知る為に同じサークルである『怪奇調査団』に入った。そして活動していく中で小太郎について知っていく事が出来たが、ここまで来るのに既に4ヶ月もかかってしまった。何よりまだ情報を集める為の調査旅行の計画が通り、ようやく実行されようとしている段階。いわば下準備を終えただけで、当然何も得られていない状態なのだ。経過した日の数を実感すればするほど焦りが芽生えてしまうのは仕方ないだろう。それでも頭を振る事でその感情を少しでも払うと、単位を取る為の課題を行うべく原稿用紙を広げるのだった。

それから1週間後。何事もなく調査旅行の日を迎えた梨乃は小太郎、更に田中と佐藤と共に山に来ていた。予定通りの時間をかけてだ。だが、田中と佐藤が思っていた以上に楽しそうにしていた事。それだけではなく顧問の漆崎との合流が遅れてしまった事も予想だにしていなかったせいだろう。梨乃の口からは自然とこんな言葉が漏れていた。

「その…ごめんなさい。強引に誘っただけじゃなくて色々と…。」

「…。」

「本当は漆崎さんとの3人の方が良かったのかもしれませんけど、人数がいた方が何かを見つけた時の見落としが少ないと思って…。それに万が一の事が起きそうになった時にも手助けして貰えると思ったんです。だから誘ってみたんですけど…。相談もしなくてすみませんでした。」

「…。」

現状も含めて芽生えてしまった罪悪感を吐き出してしまう梨乃。だが、言葉は何とか紡ぐ事が出来ても顔を見る事は出来ず、終始俯いた状態でだ。それでも罪悪感は一向に静まらなくて。指に爪の痕が残ってしまうほどに拳を固く握り締めた。

するると俯く梨乃の耳に微かに聞こえたのだ。小太郎の声が…。

「…んで…。」

「…え？」

「何でお前が必死になっているんだ？　知っているだろうが『これ』は俺だけが関係している事。俺が勝手に続けている事だ。」

「白山、君…。」

「だから…今の状況にしろ、お前が気を遣う必要はない。そもそも…そんなに必死になるぐらいなら離れた方が良い。」

「っ。」

微かに聞こえてきたのは自分の行動を改めて否定してくるような言葉の数々だった。

それでも告げてくる表情は苦しそうだった事。何より自分から離れる事を促してくる小太郎の言葉を受け入れるどころか聞きたくもなかったからか。すぐにでも離れてしまいそうな背に向けて告げた。

「…嫌です。『離れた方が良い。』って言わないで下さい。それに雪女について調べる事も否定しないで下さい。私はあなたの…白山君の事だから動きたいんです。だから…。」

「っ、お前…。」

「す、すみません…。とりあえず…予約した宿に行きましょうか！　田中さんと佐藤さんも待たせていますし！」

「あ、ああ…。」

小太郎に反論するような形とはいえ自身が抱く想いの一端を、相手である小太郎へ直接伝えてしまった梨乃。だが、彼の様子を目の当たりにし一気に恥ずかしくもなったのだろう。我に返ると話を強引に切り田中と佐藤の方へと向かう。その背後で小太郎が困惑している事に気付きながらも、それに決して触れる事なく…。

その後、田中と佐藤にも声をかけると予約した民宿へと移動。荷物を置くと同じく宿に辿り着いた漆崎と共に管理人へと雪女やそれに関係がありそうな話について問いかける。現地にいる人物からの話を直接聞きたかったからだ。すると雪女については管理人もあまり把握していなかったようだが『ある話』をしてくれた。宿の裏山の中腹の拓けた場所に小さい祠がある事。その周辺で小さい人影を目撃した話がいくつか存在している事を…。

「人影、ですか。」

「はい。…といっても、私は見た事がないのでよく分かりません。影の大きさも含めて。ただ出るという話がある祠は相当に古くて…。えっと…皆さんみたいにオカルト？　とかが好きな人の中には実際に見に行っていたり。中には『この辺にいるモノの事を知りたいのなら行った方が良い。』と話す人もいて…。だから行ってみるのも良いかもしれません。」

「そうなんですね。ありがとうございます。」

「いえ。雪女の事じゃなくてすみません。」

そう告げる管理人は雪女について言えなかった事に申し訳なく感じているのだろう。浮かべた表情は沈んだものになっていた。それでも漆崎を中心に梨乃達が感謝を示せば、表情は僅かでも緩んでいって。その変化に梨乃達は胸を撫で下ろした。

翌日。まだ日が昇り切っていない中を梨乃達は宿から出ていた。昨日に管理人が教えてくれた祠の調査で裏山へと入る為にだ。だが、早めの行動だったというのに、やはり山に慣れていないせいか。特に梨乃は遅れてしまう。もっとも『怪奇調査団』の田中も山歩きには慣れていないらしく梨乃とほぼ同じぐらいのペースでしか進めていなかったが。

「いや～、良い天気だ。『山歩きに相応しい日』っていうヤツだ。これも浜口君の日頃の行いが良いからだろう！　なぁ？　浜口君！」

「えっ、えっと…。ありがとう、ございます…？　というか、大丈夫ですか？　結構、大変そうですけど…。」

「いや～…こういう道は慣れていなくて。ほら、都会育ちだから！」

「…。」

自分と同じぐらいの速さでしか進めていない事に対し妙に明るく話す田中。だが、それにどう返せば良いのか分からなかったのだろう。ただ苦笑いを浮かべながら進む事しか出来なかった。

そんな状態でも足を止めず山の中を歩き続けていたからか。小太郎達よりも20分近くは遅れてしまったが、宿の管理人が話していた山の中腹へと到着。小太郎達との合流も果たす事が出来た。だが、その事に安心していたのも束の間、動揺してしまう事になる。話に聞いた通りの場所に辿り着けたはずなのだが祠が存在しない。そればかりか多少は拓けていたが、その場所は膝上ぐらいまでの草木に覆われた空間だったのだ。まるで最初から祠どころか何もなかったかのように…。

「…っ、私もっと周りを見てきます！」

「浜口君！」

言い放つと思わず逃げ出すように駆け出してしまう梨乃。草木以外は何もない光景が宿の管理人から嘘を言われたと感じてしまった事。何よりここまで来た事が無駄に思えてしまったからだ。そして感じてしまった事に居ても立ってても居られなくなったのだろう。呼び止める声に気付きながらも、逃げるように皆から離れてしまうのだった。

その後の事だった。僅かに葉が擦れ合うような音が聞こえてきたのは。しかも声のようなものまで聞こえてきたのだから…。

（っ、一体誰…？）

聞こえてきた葉擦れの音は自分が立てたものではない。更には音に紛れてしまうほどの小さな声であっても、自分以外には誰もいないはずの場所で聞こえてきたのだ。

梨乃の体は自然と強張ってしまう。それでも音の正体を見極めるべく視線を巡らせた。

そして見つけたのだ。周囲よりも草木の背丈が低くなっている一角に、石を積んだような物。20センチにも満たないほどに小さな祠が立っているのを…。

「これ、って…。」

『おお、ようやく気が付いたか。』

「っ!?」

小さな祠を認識した途端に再びあの声が聞こえてきたばかりか、そこに小さな人影が現れたのにも気付いてしまったからだろう。梨乃は目を見開き固まってしまう。だが、祠から現れた者は特に気に留めていないようだ。その事を物語るようにこう続けた。

『話しかけていたというのに気付かぬとは…。それも、こんな所まで来て…。お前もワシにいたずらをするつもりなのか？』

「…。」

『いたずらする気なのか？　…答エロ。』

「っ。ち、違います！　私は用があって…！　だから…いたずらなんてしません！」

『…そうか。なら良い。』

最初は穏やかな雰囲気で話していたが、それが徐々に変わっていった事。それも心なしか異様な冷たさを感じるものになっていたからか。その変化した様子に怖くなった梨乃は祠から現れた者…『老いた小人』が発した言葉を否定する。そして自分でも言い訳のように感じながらも訪ねてきた理由について口にした。

すると雪女を探している事を含め、正直に話したおかげだろうか。梨乃の話を『老いた小人』は理解したらしく、まとう空気も穏やかなものへと変わっていく。そして不意に告げた。

『話は分かった。それで…お前の方は何の用でここへ来たんじゃ？』

「…え？　…っ!?」

『老いた小人』の言葉の意味が分からず、梨乃は困惑の色を含めた声を漏らしてしまっていた。だが、振り向いた事で『老いた小人』の言葉の意味を理解した。もっとも相手が小太郎だと分かったからこそ梨乃は固まってしまったのだが。

　そんな梨乃の一方で小太郎は祠へと近付いてくる。そして梨乃の隣で立ち止まると、しゃがみ込みこう口にした。

「突然、訪ねた事をお詫びします。あなたにお聞きしたい、というかお願いがあって訪ねました。」

『…こちらの娘と同じ事かね？『氷美山』とやらにいる雪女の事か。』

「っ。はい、そうです。ぜひ彼女の事を聞かせて下さい。僅かな情報で構いません。なので…お願いします。」

『理由を聞いても？「あの者」に会いたい理由を。』

「俺の大切な、初めて好きだと感じた存在だからです。」

（っ、白山君…。）

　雪女について尋ねてくる理由を問いかければ小太郎はすぐに答える。真っ直ぐ見つめながらだ。だが、その姿は小太郎の雪女に対する強い想いを改めて認識させるもので。自身の胸の中に痛みを感じてしまった梨乃は俯き、膝の上で拳を握り締めるのだった。

それでも相手の『老いた小人』は人と異なる存在だからか。様子が変わっているのには気が付いていても、どういう心境なのかは分からないようだ。現に梨乃に触れる事なく続けた。

『確かにワシはあそこの雪女の事を知っておる。ここ…お前達のような人間が「来風山」と呼んでいる所と繋がっておるし、会った事もある相手じゃからな。だから会う事は出来るはずじゃ。だが…今は難しいじゃろうな。』

「それは季節が、とかですか?」

『そうじゃ。今はまだ雪女にとっては過ごし難い。人間が辿り着けない世界で過ごしておる時期なんじゃ。だから人間が会う事は難しいじゃろ。』

「そう、なんですか。」

『ああ。…まぁ、どうしても会いたいというなら話をしに行っても良いが。どうする?』

「お願いします。」

未だ俯き小太郎が口にしていた言葉を必死に消化しようとしている傍らで会話をしている2人。だが、少し前と違い俯き続けてしまっている梨乃の事がさすがに気になったのだろう。『老いた小人』はこう口にした。

『…で、お前もそれで良いのか?』

「え…。」

『雪女の事じゃ。一度ワシが「あの者」に会って話す、で良いのか?』

「っ、はい。お願いします。」

『…そうか。なら、「あの者」へ伝えておこう。』

梨乃の耳に2人の会話が入っていなかっただけとはいえ、不意に話しかけられたような感覚になってしまったせいか。『老いた小人』の言葉に対し動揺しながら答えてしまう梨乃。それでも当然彼が気にした様子はなくって。ただ小太郎と梨乃からの頼み事を了承したように答えるだけだった。

こうして雪女の事を探す為の『来風山』への登山は終わった。僅かな情報でも見つかるかに当初不安を抱きながらも行った登山がだ。その登山は雪女に関われなかったが、明らかに人ではない存在…『老いた小人』と出会えた事。彼が小太郎の探している『氷美山にいる雪女』と話を付ける事を約束してくれたからだろう。結果から見れば完璧ではないものの、一定の目的は果たす事が出来た。ある意味、成功したのだ。だが、その事に嬉しく思う反面、それとは真逆の感情が胸の中に湧いている事にも梨乃は分かっていた。小太郎から雪女を未だ想い続けている事を改めて聞かされたのだから…。

（って、そんな事はもう分かっていたじゃない。それを含めて彼の事が好きなんでしょう？　なら、今更乱れちゃ駄目だ！）

あの時の小太郎の姿が過る度に、締め付けられるような痛みと苦しみを感じてしまう。それを払うように頭を振るい、胸の中で言い聞かせもしながら日々を過ごしていた梨乃。だが、そうすればするほど小太郎の事が鮮明に過ってしまっていて。自然と、だが着実に梨乃の心は追い詰められていった。

その時だった。少しでも体を休めるべくベッドに横たわろうしていた梨乃の耳に何かを叩くような音が僅かに聞こえてきたのは。しかも耳を澄ませれば音がしたのがベッド近くの窓からだと分かったが、そこに動く『小さな何か』が僅かでも見えたせいか。気付いた瞬間に恐怖により寒気も覚えてしまう。それにより思わず固まってしまったのだが…。

『開けるんじゃ〜。』

（っ、この声って…。）

音だけでなく僅かに聞こえた声が覚えのあるものだったからだろう。未だ恐怖を残しながらも窓へ近付く。そして覗き込めば、見えた『小さな何か』も覚えのある姿をしたものだと気が付いたのだ。自然と鍵の部分を操作すると窓を開けた。

『あ〜、良かった！　ようやく気付いてくれた。』

「っ、あなたは…。」

『そうじゃ。少し前に「来風山」で会った者じゃ。元気にしていたかの？』

「あ、はい…。元気、でした。」

開け放った窓から入ってきたのは想像していた通りの存在…『来風山』の古い祠にいた『老いた小人』だった。それも穏やかに話しかけながらも自分の部屋であるかのように入ってきたせいか。恐怖は残っていたものの彼を部屋に招き入れてしまう。すると部屋へ入れてくれた事が嬉しかったらしい。『老いた小人』は梨乃へ向けて声を発した。

『招き入れてくれてありがとう。お前は優しい奴じゃな、やっぱり。』

「そう、でしょうか？」

『ああ。こうしてワシを部屋へ入れてくれたし、「あの男」の為に動いていた。雪女に会おうとな。そこまで出来る奴は人間同士でも、なかなかいない。そうじゃろう？』

「っ。」

『そして私のような妖と呼ばれるモノでも、お前みたいに行動を起こせる奴は多くない。皆、本能のままに存在し続けるからな。だから誰かの為に動ける奴は少ないんじゃよ。』

「そうなんですね…。」

『うむ。そして妖の中には梨乃殿のような人間が、特に優しい人が好きな奴も少なくない。利用するという意味ではなく「手助けをしたい。」と考えるほどに。私も含めてな。だからこの前、お前達が頼んできた事も終わって。今日はその報告しに来たんじゃ。本人に直接話したという事をな。』

「本人、って…。」

『もちろん雪女…「氷美山」の「牡丹《ぼたん》」様じゃ。』

『老いた小人』からの言葉で人と異なる存在であっても、意外と人間の心を読み取っていた事に気が付いてしまったからだろう。彼から優しい言葉もかけて貰えていたというのに梨乃はそれを上手く吸収する事が出来ない。だが、自分達の頼み事を『老いた小人』が果たしてくれたのを聞こえたからか。自然とこんな言葉が漏れた。

「本当ですか？　本当にその雪女の牡丹さん？　と話せたんですか？」

『ああ。ワシは妖じゃからな。雪女ではないが領域に入る事は出来る。だから当然、話す事も出来たぞ。』

「ありがとう、ございます。それで…牡丹さんは何て…。」

『そうじゃな。一瞬、戸惑っておられたが話をちゃんと聞いて受け入れてもくれた。会う事をな。ただ…1つ条件を付けられたがの。』

「条件、ですか？」

『ああ。「領域に入って良いのは道案内を入れて1人だけ。」という事。それも1人というのはお前の事だけじゃ。「それ以外の者とは会いたくない。」とな。』

「っ、それじゃあ…。」

『ああ。あの祠でお前の後に来た男とは会う事を望んでいない、という事じゃな。』

「…っ。」

『それで…お前はどうしたい？　牡丹様に会うか？　それとも断るか？』

「…いいえ。会います。牡丹さんに。会わせて下さい。」

雪女と同じ妖だと改めて告げられた事。何より雪女…牡丹は自分を受け入れても、小太郎の事は拒絶していると知ってしまったのだ。動揺が一向に治まらなくなってしまう事は仕方ないだろう。それでも自分達が頼んだ事を『老いた小人』が果たしてくれたのを断りたくはなくって。気付けば牡丹に会う意志を口にすると頭を下げていたのだった。


そんな出来事から更に日は過ぎて。ある不思議な出来事が起きる。まだ残暑が残っていた時期だというのに雪が降ったのだ。『老いた小人』が訪ねてきて、まだ半月も経過していなかったというのにだ。だが、その事に梨乃は驚きながらも皆と同じように過ごす事は出来なかった。謎の初雪を観測した日の夜に『老いた小人』が再び梨乃の部屋を訪ねてきたからだ。今から牡丹の所に案内する事を告げて…。

「今から、ですか？」

『ああ。いくら牡丹様が人前に出て留まる為に雪を降らせていたとはいえ、こういう事は早い方が良いからの。…ああ、もしかして山登りを心配していたか？　安心せい。ワシが導くし向かうのは「氷美山」の手前の「雪音山《ゆきねやま》」。「来風山」ぐらいの規模の場所じゃからな。大丈夫なはずじゃ。それとも…都合が悪くなったか？』

「っ、いえ！　大丈夫、です。いつでも行けます！」

『そうか。なら、行くとするかの。』

『老いた小人』が告げた言葉から早い初雪が牡丹によるものだと知ったせいか。妖に宿る天候まで変えられるほどの力に、改めて梨乃は恐ろしさを感じてしまう。そして恐ろしく感じたからこそ彼の提案を断る事をしたくはなかったからだろう。突き動かされるように頷くと部屋から出て行った。


こうして『老いた小人』と共に牡丹の所へと向かっていった梨乃。すると言葉通り妖である彼が道案内してくれたからか。『来風山』を登った時よりも体が楽だという事に気付く。少なくとも話で聞かされた通り『来風山』と性質が似ている事を示すように、漂う空気も似たものであると気付くぐらいには…。

『大丈夫か？　付いてこれているか？』

「っ、はい。何とか大丈夫です。」

『そうか。もう少しじゃからな。頑張るんじゃよ。』

自分に付いてはきていても無言になってしまった梨乃の事が気になったらしい。不意に『老いた小人』は声をかける。そして梨乃が答えると満足そうにしながら更に山の中を進んでいくのだった。


だが、梨乃の方は足を進めていく内に複雑な心境に陥っていた。その話から『老いた小人』よりも宿る力が強いであろう牡丹に会うのに緊張を覚えていた事。反面、実際に牡丹に会う事で彼女に小太郎との再会を促せると思ったから…。

（だから頑張らないと…。白山君の望みを叶える為にも…！）

未だ小太郎が牡丹へ特別な想いを抱いている事が過る度に梨乃は痛みを感じていた。それでも初恋の人である小太郎の事だからこそ、少しでも喜んで貰う為に動きたいと思っているのだ。立ち止まる気は一向にない。むしろ気合いを入れるように両手で拳を作って足を動かし続けた。

　そんな状態でも進み続けたおかげだろう。遂に梨乃は彼女と対面する事が出来た。雪女で小太郎が今も想いを寄せ続けている相手である牡丹に……。

「？　どうかしましたか？　人間らしくない色に見惚れてしまいましたか？　それとも……恐ろしく感じてしまいましたか？」

「っ、そんな……！　怖くなんかありません！　その……確かに私とは違うけど、綺麗だと思って！　だから、その……！」

「あら！　ありがとうございます。嬉しいです。」

　腰まで伸びている髪は雪のように白い色。更に瞳も水色という、人間らしくないものだ。だが、相手が妖という考えが頭にあるせいなのか。思わず見惚れてしまうほどに不思議と似合っている。そして声をかけてきた牡丹にその事を告げれば声までも弾ませてくれたからだろう。美しくもどこか愛らしい、人間らしい姿に密かに胸を撫で下ろすのだった。

　だが、それも束の間の出来事だった。小太郎に会わないという意志を示されてしまったからだ。こんな言葉と共に…。

「何で、ですか…。」

「私もそこのお爺さんと同じように人間が好きだから。好きだから会いたくないんです。」

「どういう事ですか？」

「私みたいに人間が好きな妖は『人間と関わりたい。』と思っています。『少しでも多くの人に関われば、その世界でも生きられる。』と考え、中には『関わっていけば人間になれるかもしれない。』って思う妖もいるんです。叶わない事だっていうのに。」

「っ。」

「結局、人間は人間、妖は妖のままでしかいられないんです。いくら人間と関わっても、絆を深めても妖は人間になる事が出来ません。そればかりか人間と関われば関わるほどに辛くなってしまう。時の流れが違いすぎるから。深く関わる前から分かっていた事なのに…。おかしいでしょう？」

「そんな、事…。」

「だから深く関わっては、想いを寄せてはいけなかったんです。今更な話、ですけどね。」

「牡丹さん…。」

そう言葉を続ける牡丹の表情は一見すると微笑んでいても悲しみや寂しみの色をまとったもので。ある意味、人間らしさを感じさせる姿だ。そして人間らしい表情を目の当たりにしてしまったからこそ、どんな言葉をかければ良いのか分からなくなってしまったからか。梨乃は俯いてしまった。

すると俯く梨乃のその姿に雪女であっても申し訳なく感じたのだろう。牡丹はこう言葉を続けた。

「ごめんなさいね、変な事を言ったりして。こんな事を言う為にあなたを呼んだわけじゃないのに。」

「い、いえ。えっと…それよりも私を受け入れてくれた理由って何ですか？」

「ああ、大した事じゃないのでそんなに緊張しないで下さい。ただ話をしたかったから招き入れただけなので。」

「話、ですか？」

「はい。最近の出来事とか流行りの物とかについてです。あ、もちろん人間の世界での事ですよ？」

「え、でも…。良いんですか？　そういう話をしても…。」

「ええ。ただ人間の世界の話を聞きたいんです。だから駄目ですか？」

「っ、いえ！　駄目じゃないです。むしろ私で良ければ。」

「はい。」

人間は好きでも深く関わらないようにしている事を少し前に口にしていた。だが、牡丹が続けたのは人間の事を更に知りたいという想いで、関わろうとする意欲を含んだ言葉だったのだ。思わず尋ね返してしまうのは当然だろう。それでも牡丹の意志は変わらないらしく、梨乃からの話を望んできていて。その美しくて愛らしい姿に突き動かされた梨乃は頷いたのだった。


こうして梨乃は不定期とはいえ牡丹と会うようになった。すると自ら会って話をしたいという意志を示してきただけはあるらしい。会う度に流行りの食べ物や芸能人等について色々と尋ねてきた。そして梨乃も最初の頃は相手が妖である事に警戒していたが、出会った時から牡丹の様子は変わらなかった事。人間らしさを感じさせる微笑みを向け続けてくれたからか。気付けば警戒心というものは解かれていた。もっとも警戒心は解かれても晴れ晴れとした気持ちにはなれなかった。小太郎について改めて話す事が出来ていなかったのだから……。

（もうちょっと…もうちょっと仲良くなれた時。ううん…次に会った時に言おう。）

会う直前までは毎回そんな風に考えていた。だが、実際に牡丹と会ってしまえば、不思議と小太郎の話をする気が失せてしまうのだ。それが美しくて愛らしい微笑みのせいなのか。はたまた雪女という妖らしく、密かに何かを仕掛けているのか。その原因のようなものは当然分からない。それでも会えば会うほどに小太郎の事を話せなくなっているのは確かだった。現にこの日で彼女と会うのは10回目になったのだが、やはり小太郎の話をする事は出来なかった。

そんな状況が変わったのは11回目の対面の時だった。牡丹から突然、もう会わないという意志を告げられたのだ。こんな言葉と共に……。

「妖の中には1つの場所に留まっていられないモノがいるの。渡り鳥のように季節ごとに移るモノ。ただ単に今いる場所に飽きてしまったモノがね。そして私はどちらでもある。最初は限られた場所にしかいられないけど、季節が進んで寒くなってくれば居場所が増える。だから移動しようと思って。今まで楽しい話をありがとうございました。」

「牡丹さん…。」

「それで、あなたは私にずっと言いたい事があったんですよね？　何を言いたかったのか聞かせてくれませんか？　今日が最後になるんですから。」

「っ、えっと…。」

急であり一方的としか思えない事を牡丹から告げられてしまったのだ。問われた言葉に対し答えられなくなるほど動揺してしまうのは仕方ないだろう。だが、１つ息を吐き気持ちを何とか落ち着かせると告げた。

「はい…。言いたい事はあります。あの人の事で。…誰の事かは分かりますよね？」

「…。」

「最初に会った時にも少し言いましたが、あの人はずっとあなたに会いたがっています。今も、そしてどんな場所で誰かといてもです。その事を改めて伝えたくて。何よりそれを叶えて欲しいって思っていたんです。」

「梨乃さん…。」

「あなたが…牡丹さんがあの人を避けたいのは知ってます。『人とは流れる時間が異なり過ぎている』って以前、教えてくれましたからね。でも私は！　あの人の願いを叶えてあげたいんです。だって私…。」

「彼の事がとても大切なんですね？　小太郎さんの事が。」

「っ。」

　やはり牡丹は梨乃が抱く小太郎への想いに気付いていたようだ。現に牡丹はそれを口にしてくる。そして梨乃は自分の想いを気付かれていた事に動揺するばかりだったが、まだ牡丹に言いたい事があったのだ。改めて彼女を見つめると続けた。

「…はい、好きです。あの人…小太郎さんの事が。だから私は願いを叶えてあげたいんです。好きな人の願いになるわけですから。」

「…。」

「もちろん叶えたからといって、あの人が振り向いてくれるとは思っていません。いえ、叶えたからこそ振り向いては貰えないでしょう。それでも…それでも叶えたいと思うものなんです。好きな人の願いというものは。」

「梨乃さん…。」

「本当にあなたの事が羨ましいです。会わずにいても想われ続けているのですから。」

「っ。」

「あなたに出会えて良かったです。あなたのおかげで妖について知る事が出来たから。だから…今までありがとうございました。そしてさようなら、牡丹さん。」

「梨乃さん！」

「お待ち下され！」

胸の中にあった牡丹に対する嫉妬を口にすればするほど、それは自分の胸の中に荒々しいものを湧かせ激しく渦巻いてしまう。自分の大好きな人に想いを寄せて貰えているせいでだ。そして荒々しい感情は一度言葉となって吐き出されると止まらなくなってしまったようだ。それを物語るように梨乃は一方的に別れの言葉を口にすると歩き始める。牡丹と『老いた小人』が呼び止めようとする声が聞こえても立ち止まれない。更に翌日以降にも『老いた小人』だけは訪ねてきたのに気が付いても迎え入れる事が出来ない。それほどまでに一度湧いてしまった感情は晴れなかった。


だが、良くも悪くも時の流れというものは変化を与えてくれるらしい。それは心も含まれていて、日が経過していく内に胸の中で渦巻いていた荒々しいものは弱くなっていた。そして牡丹へ湧いていた嫉妬という感情は気が付けば別のもの、あの日の自身の態度に対する後悔へと変わっていて。牡丹に謝罪したいという想いが芽生えるようになる。だが、牡丹が『雪音山』にいない可能性が高く、『老いた小人』も訪ねて来なくなってしまった事。つまり謝れない事にも気付いてしまったからだろう。その心の中は後悔で重苦しくなっていった。

そんな梨乃だったが、更に追い詰められてしまう事になる。『怪奇調査団』の部屋で作業中に小太郎も来たのだが、梨乃が何かを隠していると指摘してきた事で…。

「隠してる、って…。何をですか？」

「それは…分からない。お前が何も言わないから。ただ、ここ3ヶ月ぐらいだって事は分かっている。」

「白山君…。」

「何かあったのか、最近。」

「っ。」

好きな人が自分の変化に気付いてくれたのだ。梨乃の心は確かに浮上していた。だが、それもすぐに変わってしまう。尋ねてくる小太郎が真っ直ぐと、澄んだ瞳で見つめてきたからだろう。その姿に梨乃は誤魔化せないと察してしまう。そして察してしまった事で梨乃は重い口を開いた。

「…ある方に謝る方法を考えていました。雪女の牡丹さんに。」

「…は？」

「3ヶ月ぐらい前から会っていたんですよ。あの祠…『来風山』の祠でお爺さんの姿をした小さい方と会いましたよね？　あの方が後に私の家へ来てくれて、そこで言われたんです。『牡丹さんが私に会いたがっている。』と。そこであの方の案内で会うようになっていたんです。もう10回ぐらい会っていますかね。」

「な…。」

「最後に会ったのは5日くらい前だったんですけど、その時に私ひどい態度を取ってしまったんです。会えるのは今回が最後だって言われていたのに。それで、どう謝るかを考えていたんです。…それだけの事です。」

　悩んでいた上に小太郎の姿に突き動かされたとはいえ、牡丹との事を話してしまった梨乃。彼女に対し小太郎が抱く想いを痛いほど知っていたというのにだ。そして小太郎は当然、梨乃が自分に内緒で愛した人に会っていたのを知った事。それに驚き以上に怒りを覚えてしまったのだろう。こう言い放った。

「何だよ、それ。内緒で会っていたって…。お前、どういうつもりなんだ？　俺が彼女に会いたがっているのを知らないのか？」

「…っ。」

「もう良い。勝手に悩んでいろ。」

「…白山君？　白山君！」

普段から温かくはなかったが、今の声は氷のような冷たさを感じさせるほどの声で。梨乃は何も言い返す事が出来なくなってしまう。すると元々、彼と2人だけしか部屋にいなかったせいか。小太郎が出て行ってしまったせいで、部屋には自分の声以外は聞こえない。ただ静寂だけが広がる空間になってしまった。


そしてこの時の出来事が梨乃の心の中に更に深い影を落とす事になる。翌日は受講していた講義がなかった事もあり大学を休んでいたのだが、その更に翌日に出校した時に聞かされたのだ。小太郎が大学を辞めてしまった事を…。

「辞めた、って…。急に、ですか？」

「正確には一昨日の夜に漆崎さんへ『大学を辞める。』という連絡があって、翌日に白山君の部屋に行ったら退学届があって。荷物も整理してあったのだそうだよ。いつでも大学を辞められるようにと。」

「…もちろん、退学届自体はまだ提出されていないから完全に退学したわけじゃないわ。ただ『彼の意志を尊重したい。』って漆崎さんは言っていたから、最終的には届が提出されてしまうと思う。とにかく本人と今、連絡が取れないそうだから…って、待ちなさい！」

「浜口君！」

小太郎がもう大学に来ない可能性が高い事。それればかりか自分達の前に二度と現れないという事も察してしまったからか。一昨日のあの出来事から胸の中にあった苦しみが更に強まっていくのを梨乃は感じていた。そして感じ取った事で居ても立っても居られなくなったのだろう。特に意識していなかったというのに体は田中と佐藤から離れるように駆け出してしまう。２人から呼び止めようとしている声が発せられている事に気が付いていたのにだ。今聞かされた話が事実であるかを確かめるべく、『ある場所』へと向かう為に…。

梨乃が向かおうとしていたのは『氷美山』だった。借りていた部屋を出てしまった以上、小太郎が向かっているであろう可能性がある場所だと思っていたからだ。牡丹との話で『氷美山』が小太郎との思い出の場所である事を聞いていたのだから…。

（合っているかは分からない。それでも牡丹さんはきっといる。あんな風に話していたから…。）

『氷美山』の事を話す時の牡丹は懐かしそうに、愛おしそうに語っていた。実際に小太郎の名前を出していたわけではないが、きっと彼の事を過らせていたからだ。それほどまでに『氷美山』は牡丹にとっても思い入れがある場所だと考えたのだ。そして小太郎にとっても『氷美山』は牡丹との思い出の場所で。だからこそ2人がいると考えた梨乃の足は自然とそこへと向かっていた。もっとも予想通りに『氷美山』にいたとしても会ってくれるかは分からない。会えたとしても何を話せば良いのかは自分でも分からない状態だったが。

そんな不安と緊張に襲われた状態になりながらも、1人列車に揺られていた梨乃。

その旅は天候も悪くなかったからだろう。乗り継ぎも順調に進み、予想した時間に目的地へと辿り着きそうだ。空とは異なり目的地に近づくにつれ顔色は暗くなったが…。「…大丈夫。ちょっと会うだけだから。顔を見たら、すぐに帰るから。…それなら許してくれる、はずです。」

座席に腰かけ俯きながら、そう呟き続ける梨乃。その様子は耳を澄まさなければ聞こえないほどの小声だが、異様だとしか思えないものだ。だが、今向かっているのは地元民ですら少ない、いわば過疎地と呼ばれてしまうほどの場所あるのだ。夜とはいえ列車の中には梨乃以外誰もいなかった。それにより彼女の異様な姿に戸惑うどころか、乗っている事ですら知っている者はほとんどいなかった。

どれほどの時間が経過したのだろうか。正確な時間というものは分からなかったが、不意に寒さを感じた事。車掌の声で『氷美山』近くの集落手前の駅に着いた事にも気が付いたからだろう。梨乃は立ち上がると決意を表すように上着の胸元を固く握り締める。そして何かに突き動かされるように列車から降りると歩き始める。季節以上に冷たさを感じさせる山特有の風に向かっていくように…。

　だが、小太郎の事だけを考えながら起こしていた行動は、後に1つの悲劇を生んでしまう事になる。自分以外では小太郎や牡丹、妖達以外にはいないと思われていた『氷美山』で3人の見知らぬ男に出会ってしまったのだ。しかも梨乃の姿を確認すると、こんな事を言い放ってくる男達に…。

「…へぇ。何もない、つまらねぇ山だと思ったけど。まさか若い女がいるとは。驚いたぜ。」

「ホント、ホント。せっかく『心霊映像が撮れるかも！』って噂があった場所だから期待したのに、寒いばっかりで何も起きねぇ。だから物を壊したりして、そう見える映像を作ろうとしていたんだけどな。どうやら別の事で楽しめそうだ。…アンタのおかげでな。」

「っ、何を…。」

「そんなの分かっているだろう？　俺達と寒いのを吹き飛ばそうぜ？」

「ひっ…い、嫌…！」

　その言葉から男達は動画配信を行っている事。それも不可思議な物事を中心に撮影しており、今回は『氷美山』で行っていると分かった。欲しかった映像が撮れず、欲求不満に陥っていた事もだ。そして溜まった欲求不満を若い女で発散しようと考え、実行するつもりでいるのだろう。不敵な笑みどころか不快にも感じるものを浮かべながら男達は近付いてくる。それは梨乃が声を上げるほど拒絶を示しても改める様子がない。むしろ更に距離を詰めようと足を進めてくるのだ。男達のその姿に梨乃が不快以上に恐怖を覚えるのは仕方ないだろう。だが、何とか逃げ出すべく少しずつ後退し距離を取ると、背を向け勢いよく駆け出していった。

そうして男達から逃れようとした梨乃だったが、結局は叶わなかったのだ。それが夜の山道だったからか。はたまた男3人から逃れる事自体が無謀すぎるものだったからか。その原因は分からない。だが、男達から逃げている途中で『何か』に足を取られ転んでしまった事は確かだった。そして転んでしまった際に石が後頭部を強打してしまった事。その時の音は追いかけてきた男達ですら息を呑んでしまうほどだった事も…。

「っ!?おい!」

「嘘だろ!?」

「やばいぞ、このままじゃ…!」

(どうしたんだろう?　…あれ？　そもそも何で私、動けなくなって…声も出せなくなったんだろう…？）

意識は遠のき始めていたが、男達が自分の方へ駆け寄ってくれた事に梨乃は気が付いていた。一瞬の間の後、激しい足音が聞こえてきたからだ。先ほどまでと異なり身を案じる声もだ。だが、男達の様子が変わった事や逃げ出していくのに気付いても、理由を突き止められなかった。この時はもう体を動かすどころか声も出せず、更に心臓の鼓動まで静かに止まっていってしまったのだから…。

そんな事故により静かに旅立とうとしていた梨乃。すると死の直前だからか。ある物語のような光景を見ていた。もっとも見えたのは梨乃自身のものではない。初めて好きになった人、『白山小太郎』のものだったが…。

今から25年近くも前に小太郎は生まれた。この『氷美山』のふもとの集落でだ。だが、生まれてすぐに母親が亡くなった事。父親は仕事を理由に祖父母へ預けてしまい、ほとんど顔を見せなかったせいだろう。家庭環境は明るいとはいえないものだった。

更に生まれた時から集落に子供がいるのは小太郎の家しかなく、隣の村等を含めても同じ年頃は3人しかいない。幼少期から寂しく過ごしていた。

そんな日々が変わり始めたのは小学校の高学年の頃。ダム建設の話が出始めた事がきっかけだった。といっても、小太郎が知ったのはその頃であって、大人達は随分と前から知っていたらしい。それを表すように話してくる大人達は最近知ったとは思えない様子だった。更に大人達の様子から自分へ話してきた時には、ほぼ確定していた事に何となくでも気付いてしまったのだ。小太郎は自分が仲間はずれにされたような感覚になってしまう。そして同時に大人達への不信感も一気に芽生えさせ強くもさせてしまったのだろう。自身の中で強くなり続ける大人達への怒りを少しでも癒そうと思った事で、小太郎は度々山へと入るようになり、それは成長するにつれ長時間になっていった。

その頃に小太郎が出会ったのが、『人間ではないもの』で『山に宿る様々な存在』の1つともされたりする雪女…牡丹だった。それも出会った雪女は擦り傷の手当てを行ってくれただけではなく、小太郎が発する寂しいという言葉等に耳を傾けてもくれたのだ。ダム計画の事を秘密にし続けていた大人達よりも優しい存在に感じてしまうのは当然だろう。すると牡丹に会う度に胸の中に温かいものが広がっていった事。その感覚は何度会っても変わらない。むしろ彼女と会い話をするだけで、身も心も軽くなっている事に途中から気が付いていたのだ。その心地よさは少しでも多く、長く感じたいと思えるほどのもので。必然的に雪女に会う頻度は増える一方になっていく。もっとも彼が高校生になる頃にはダムの建設工事が始まってしまったせいで、雪女に会うどころか山にも入れなくなってしまったのだが。

そんな牡丹との思い出を見させられたからだろう。胸が締め付けられるような感覚に梨乃は襲われ続ける。だが、映像が流れ込む事は止まらない。一瞬の暗転の後、今度は高校生と思われる頃の小太郎の姿が流れてきたのだ。調査を兼ねた旅を行っていた漆崎に牡丹の話をし、彼女との再会を強く望んでいる事。その熱意に自分が在籍する大学に誘われた事もあり、そこを進学先に選んだ光景もだ。そして無事に合格してから大学に通うようになり、『怪奇調査団』や梨乃と過ごした日々の事も…。

（…そうか。私の事も小太郎君なりにちゃんと見て想っていてくれたんだね。）

牡丹との再会を強く望み続けている自分に対し尽くそうとしている梨乃に、戸惑いながら漆崎に相談している姿。更に加奈から梨乃の事で責め立てられ動揺していた様子が過っていたのだ。自分の存在が小太郎の中で決して小さいものでなかったと知る事が出来た。それは苦痛だけではなく、僅かであっても喜びが芽生えたからか。梨乃の表情は自然と緩んでいった。

だが、それもすぐに止んでしまう事になる。再び視界が暗くなったかと思うと倒れている自分の姿が過ったからだ。そこに直前までの出来事を目撃していた小さい鬼や鳥の姿をした妖達が、小太郎を連れてきた事。倒れた梨乃の姿を見て小太郎が顔を歪めながら呟いている光景が…。

「ごめん…。ごめん、なさい。俺のせいで…。」

（っ、白山君…。）

謝罪の言葉を口にしながら既に冷たくなってしまっていた自身の手を握ってくれた事。その手を持ち上げ、額に当てながら謝罪の言葉を口にしている小太郎の瞳からは涙が溢れていて。それに応えるように梨乃は声を上げていた。少しでも伝わるように音のない声を…。

その時だった。小太郎のすぐ背後に牡丹が現れたのは。そして梨乃に近付くと手をかざしたのは…。

『我々ノセイデハアリマセン！』

『ソウデスヨ！　タダ見テイタダケデス！　男達ニ追イカケラレテ倒レテシマッタ彼女ヲ！　ダカラ許シテ下サイ！』

「分かっています。だから話しかけないで。集中しているので。」

以前会った『老いた小人』の態度から牡丹は強い存在であると察していたが、それは間違っていなかったらしい。その事を物語るように妖達は自分達に非がない事を必死に主張していた。だが、牡丹にとっては彼らの言葉よりも梨乃の事が重要なのだろう。しばらくの間手をかざし続けると、微笑みを浮かべる。更には倒れている梨乃の体の向こう側を見ながら、こう声をかけた。

「何か言って欲しいです。生き返らせた今、こうして私達と話が出来る時間は僅かなのですから。」

「…っ。」

牡丹のその言葉に自分が見えているのに気が付いた事。更に言葉等から牡丹の恐ろしさを感じ続けていたせいか。促されても梨乃は言葉を発する事が出来ない。それでも見つめている牡丹は終始優しい表情を浮かべていたのだった。

一方の小太郎も牡丹の言葉で、ようやく梨乃を認識する事が出来たのだろう。顔を上げると見つめてくる。そして唇を噛み締めると呟いた。

「本当に…ごめん。俺のせいで…俺のせいでお前を死なせてしまった。俺の…。」

『そんな事！　私が勝手に動いた事が原因。だから、あなたのせいじゃないよ。』

「…。」

『それに…少し前まであなたの今までの事が見えていたんです。あなたと牡丹さんの思い出？　みたいなのも見えて。だから分かったんです。牡丹さんへの想いが強い事が。』

「お前…。」

『本当は…すごく痛いし、苦しい。でも、だからこそ願っています。お2人の幸せを。…さようなら。』

「っ、浜口！」

強い自責の念に駆られているのだろう。告げてくる小太郎の姿は見ているだけで辛いと感じるものだ。だが、既に苦痛を味わい続けていたせいか。まだ魂に近い状態であるが故に感覚や感情に対し鈍くなってしまっているのか。梨乃から新たな涙が流れる事はない。そればかりか表情は緩み、牡丹との幸せを願う言葉も自然と漏れていて。

その言葉と表情に罪悪感が一気に高まった小太郎は思わず呼び止めるように声を張り上げる。それでも牡丹の言葉通り、梨乃に残されていた時間は僅かだったようだ。現に彼女の魂は体へと戻り、言葉を交わせない状態になってしまった。

どれぐらいの時間が経ったのだろうか。死んでしまった梨乃に正確な時間が分かるはずもない。むしろ感覚としては1時間も経過していないような気分だ。だが、それほどまでに時間的感覚は鈍くても、現実は1時間どころではないぐらいに経過していたらしい。その事を示すように目を開ければ自分を覗き込む母親の姿があった。一向に目覚めない娘の姿に身も心も消耗していたのだろう。疲れた表情を浮かべながら涙も滲ませていた母親の姿が…。

「っ、梨乃！　私の事が分かる？」

「…。」

「ああ、良かった。今、看護師さん達を呼んできますからね。」

覗き込んでいたのが母親だと理解していても、声を発する事が出来なかった梨乃。

それでも相手は自分を生んでくれた人であり、ずっと沢山の愛情を注いで育ててくれた母親だからか。瞬きでしか応える事が出来なかったが、それに嬉しそうな様子だった。そして母親は嬉しそうな様子のままで看護師達を呼びに行って。その姿を梨乃は無言で見つめ続けていた。

そうして母親が呼んだ看護師と共に来た医師からの診察を受けた梨乃。結果、体調の心配はない事も分かったからだろう。特に母親は安堵した様子だった。すると梨乃が目を覚ました事も母親から聞いたらしい。その日の夕方には友人の加奈や『怪奇調査団』の田中と佐藤も見舞いに来てくれ、微笑みながら涙も流していた。その姿は自分が生きていた事を実感するもので。何より皆が心の底から喜んでくれていると分かるものだったのだ。梨乃の中にも皆と再び会えた事に喜びの感情が芽生えていき、無意識の内に泣き笑いの表情を浮かべていたのだった。

だが、皆との再会によって湧いていたはずの喜びは長く続かなかった。意識を失っている間の事を聞いたからだ。あの日…小太郎が大学に来なくなってから今は3日が過ぎていた事。梨乃も小太郎が行方不明になった後にいなくなっていた事。その翌日に若い男達が自ら出頭し証言してきた事で『氷美山』の登山口近くで発見され搬送もされたが、今まで意識が戻っていなかった事を…。

「そして白山君は相変わらず行方不明のままでね。様子は見るらしいが、多分最後には自主退学という扱いになってしまうそうだ。本当に何処に行ったんだか。それで、その…大丈夫かい？　浜口君。」

「やっぱり顔色が悪いわ。」

「まぁ、今日はこれで私達も帰るから休んでな。」

「私も帰るわ。また明日、来ますからね。」

「うん…。ありがとうね、皆。」

　自分では大して時間が経過していないと思っていても、実際は1日どころか3日も経っていると知った事。何より小太郎が行方不明のままである事も知ってしまったからだろう。体調もあって顔色は一向に良くならなかった。すると梨乃の様子を目の当たりにした事で友人達は見舞いを終える事を告げる。そして出ていく友人達と母親に見舞いに対する感謝を告げながら見送ると、やはり体調が戻り切っていないせいか。強い眠気に襲われた事で瞳を閉じた。

そうして再び深い眠りに落ちていった梨乃。すると生き返る時に施された術の力の影響でも残っていたのか。この日の深夜に牡丹の事が過っていた。小太郎の時みたいに映像のような形でだ。雪女という形で存在したが、同じ種族の中でも馴染めなかった事。他の妖達からは力の強さにより距離を置かれていたのが大半で、ずっと独りでいた事。その時に小太郎と出会い言葉を交わしていく内に大切な存在となってしまった事がだ。一度は手放そうと距離を置いたというのに、彼から近付いてきたのを理由に傍に置きたいと望んでしまった事も…。

（…っ。やっぱり…牡丹さんも離れたくなかったんだね。）

梨乃から話を聞いて『氷美山』へ入ってきた小太郎に対し、一方的に避けた事を牡丹は謝罪した。そして同時に改めて問いかけた。『自分と共にある事を本当に望むか。』をだ。だが、その問いかけに対し小太郎はこう答えた。

「確かに人と妖は違うし、そのせいで辛いと感じる時があるかもしれない。それに俺は…人の想いも、優しさも踏みにじるような奴でもある。けど、それでも俺は牡丹の事が好きなんだ。一緒にいたいんだ。だから…これからは手放さないで欲しい。お願いします。」

「っ、ああ…そうね。こちらこそ、お願いします。」

自分に対し答える小太郎は幼い頃から変わらず真っ直ぐで。想いの強さを改めて感じさせるものだったのだろう。牡丹は小太郎を受け入れる事を決める。そして自分達の事に巻き込み亡くなってしまった梨乃を生き返らせる為に手をかざす。

（ごめんね。そして…ありがとう。）

胸の中でそう呟いていた牡丹。だが、それらの光景を映像のような形で見ていた事で梨乃にはその言葉が聞こえていた。そして聞こえたからこそ牡丹の想いも感じ取る事が出来たからか。小太郎と同じように真っ直ぐで強い想いに、閉ざされた瞳からも自然と涙が流れ落ちるのだった。

それから更に5日後。病院と自宅にて、母親を中心に手厚い看護を受けていた事で療養出来たおかげだろう。命が一度尽きていたとは思えないほどに順調に回復。再び大学へと通えるほどになった。だが、母親の前では隠していたが、その胸の中は決して穏やかではなかった。大学に行くという事は小太郎の現状を思い知ってしまう可能性が低くないからだ。そして実際に講堂や食堂だけではなく、最も見かける事が出来ていた『怪奇調査団』が使用している部屋にも姿はない。大学構内の何処にもいないと改めて分かってしまったのだから…。

（ああ…。本当にいないんだ…。）

小太郎がこの大学を選んだのは牡丹との再会を果たす確率を高くする為だった事で、それ以外の部分では周囲との交流を極端に少なくしていた。つまり『彼がいた』という証は僅なものしかなかった。だが、相手は自分にとって初恋で大好きな人なのだ。他の学生達にはあまり気にならない事であっても、梨乃からすれば大きな変化だ。それでも友人達には必要以上に気遣って欲しくなかったからか。胸の中は決して穏やかではなかったが、その表情はいつも通りのものを浮かべ続けていた。

そんな状態の梨乃だったが、少しずつでも落ち着きを取り戻せるようになる。再び大学に通い始めた翌日に漆崎に会ったのだが、そこで彼に頭を下げられたのだ。こんな言葉と共に…。

「…ありがとうございました。彼に想いを寄せてくれて。止めようとしてくれて。」

「やめて下さい。お礼？　なんて…。止める事が出来なかったのに…。」

「いいえ。頭を下げさせて、お礼も言わせて下さい。本当に感謝しているんですから。」

小太郎について深く感謝してくれている事は分かっても、実際に止められなかった事。それを強く自覚しているからだろう。漆崎の言葉を拒絶するような事を口にしてしまう梨乃。だが、漆崎は不快に感じていなかったようだ。梨乃に対し改めて感謝の言葉を口にした後、こうも続けたのだから…。

「確かに彼は…『白山小太郎』は止まらなかった。けど、少しでもこの世界に、私達の近くにいてくれた。それはあなたのおかげだと分かっているんです。あなたが持つ彼に対する想いが、大切だという想いのおかげだという事をね。最終的に彼はあちら側にいる事を選んだとしても。だからお礼を言いたいんです。ありがとうございます。」

「…。」

「むしろ私の方こそ謝らせて下さい。あなたの想いに気付きながらも、彼はあちら側を選んでしまった。そのせいで、あなたを苦しめてしまった。…本当にすみませんでした。」

「っ、そんなの…！　私はただ…あの人が傍にいて欲しかった、だけですから…。だから…だから…！　もっと一緒に…過ごして欲しかった…っ。」

感謝だけではなく謝罪の言葉も告げられたのだ。小太郎に抱いていた想いに気付かれていたという事よりも感情が溢れてしまうのは仕方ないのだろう。それを物語るように梨乃が漏らしたのは叫び声のようなものだった。

一方の漆崎は痛々しい梨乃の姿を切なげな様子で見つめる。すると梨乃の姿に彼女が抱く小太郎への想いが強いものだと確信を持った事。だからこそ彼について話したくなってしまったのか。小太郎との思い出話を語った。彼と出会ったのはまだ自身が院生の頃で、『山に宿る様々な存在』の調査を行う為に『氷美山』近くへ来ていた時だった事。大半が存在を裏付ける情報等は集まらなかったが、小太郎からの話で雪女に関しては存在について確信を得られ満足した事。その感謝も込めて自分が在籍する大学に誘った事をだ。そして自分に懐いてくれた小太郎が後に同じ大学に来てくれる事を知ったからだろう。夢でもあったサークル…『怪奇調査団』を実際に作ると彼を誘ったという事も語った。更には不意に立ち上がったかと思うと、ある物を手にし続けた。

「…私にとっても彼は特別な存在でした。このサークルを本格的に動かす事を決めさせた人物でしたから。ですが、あなたの中にある想いとは違う。少なくともあなたが持つ彼への想いは私よりも強く、そして素晴らしいものです。そんなあなただからこそ、これを託したいと思います。」

「これって…。」

「彼が常に持ち歩いていた手帳です。雪女の事とかを書いたりしていたと思います。調べている時に使っているのを見かけたので。」

「っ。でも、どうして私に…。」

「言ったでしょう？　あなたは彼に特別な想いを抱いてくれている。私を含めた他の人達以上に強い特別な想いを。そんな人だからこそ渡したいのです。彼の…『白山小太郎』の想いが強く宿った物でもありますから。」

「…。」

「もちろん引き取りたくないのなら断って下さって構いません。そうすればこちらで処分するだけなので。それに書いてある内容も、あなたにとっては辛いと感じてしまうでしょう。それでも私は出来れば受け取って欲しいのです。…どうしますか？」

「分かり、ました。有難く受け取らせて頂きます。」

漆崎の言葉通りならば、確かに使い込まれたこの手帳には小太郎の想いが詰まっているのだろう。自分にとっては苦痛を感じてしまうであろう想いがだ。それでも初恋の人がいたという証が強く宿っているであろう物だからこそ手元に置きたくなってしまって。梨乃は手帳に手を伸ばしたのだった。

こうして小太郎の手帳を受け取り、自宅に持ち帰りもした梨乃。だが、全てに目を通していくには、思っていた以上に覚悟が必要だったようだ。漆崎の言葉通り手帳の大半には雪女の事が書かれていて、その内容が濃いものだったのだから…。

（…こんなに調べていたんだ。牡丹さんにまた会う為に…。）

牡丹との再会が叶う可能性を少しでも高めようと思っていたからだろう。書いてあったのは目撃情報や噂、雪女が主軸となっている物語だけではない。その起源が『異星人からきているのではないか？』という話まで書き記されていたのだ。もちろん手帳に書いたものの全てを小太郎は信じていないだろう。だが、どんな話であっても情報として書き記してあるのを目の当たりにしてしまえば、小太郎が本気で牡丹と再会する事を望んでいたと改めて気付かされた。だからこそ叶った時に言葉では表せないほどに強い喜びを感じていたであろう事も…。

「良かったですね、叶って。でも…私は悲しいです。悲しいですよ、やっぱり。だって…置いていかれた側、ですから…。」

今部屋にいるのは自分だけだからこそ吐き出したくなったからか。胸の中で渦巻き続け、押し潰していたものを声に吐き出した梨乃。それでも一向に落ち着く事はなくって。身も心も疲れていた事でベッドに横たわった。

だが、ベッドに横たわっても眠気は訪れない。体は休息を求めている事が分かっているというのにだ。むしろ眠気どころか思考は妙に冴えてしまっているせいか。少しでも早く眠気が来る事を願いながら携帯を操作し始めた。

すると人気動画サイトを観ていた梨乃は、その中の1つの作品に目を奪われる。様々なドラマや映画の紹介動画の中の1つの作品…今何処にいるか分からない大切な人との思い出を書いている女性の日常が描かれた作品にだ。そして観ている内に梨乃の中でも思い付いたのだ。小太郎の手帳の中に記されていたものを用いて自分でも書く事を…。

（…そうしよう。そうすれば少しでも気持ちの整理が付くかもしれない。）

まだ精神状態は落ち着いていない。今思い付いたのも疲労の影響なのかもしれない事も梨乃は分かっていた。だが一度思い付いた事は消えなかったようだ。それを表すように梨乃は立ち上がると机へと着く。そして引き出しから数ページしか使用していないノートブックを出すとボールペンで書き始めた。

そうして不意に思い付いた事だったが、『書く』という行動に梨乃は思っていた以上に夢中になっていたらしい。現にボールペンの動きは一向に止まらない。そればかりか書き始めるきっかけは動画であっても、その燃料は小太郎に対する溢れた想いによるものだったからか。いくら書いても『書き足りない』と思うようになる。その芽生えた感覚は日が昇っても落ち着かない。更には大学に滞在中も湧き、この日だけでは収まらなかったからだろう。その姿に友人達も心配し始める。だが、書いているものについて説明したからだろう。友人達は体を案じながらも温かく見守ってくれたのだった。

それから約1ヶ月後。小太郎への想いも含んだ雪女に関する話を梨乃は書き終える事が出来た。ノートブック約1冊分を使った大作ともいえるものがだ。そして書き終えた事による達成感。何より友人達が自分の行動を温かく見守ってくれていた事を知っていたからだろう。友人達に書き上げたノートブックを見せた。すると友人達は書かれたものを読んだ事で熱いものが込み上げてきたらしい。皆涙ぐんだ様子だった。そればかりか少しでも多くの人に見せる事も提案。匿名でイラストだけでなく小説も投稿出来るネット上のサイト等で公開する事を薦めてきたのだ。そして友人達からのその様子に背中を押されたような感覚になったのだろう。漆崎にも相談した後に人名や地名も変えて内容を更に追加。ネット上にて小説の作品募集をしているのを見つけると提出したのだった。

そんな大学生の頃の出来事が過っていたからか。梨乃は懐かしむような緩やかな表情を浮かべていた。すると向かい合って座っている女性は梨乃の表情が、直前までのものとは変わっている事に気が付いたようだ。僅かに首を傾げながら口を開いた。

「どうかしたのですか？」

「え？」

「すみません。何か考えているような顔をしていたので、気になってしまって。…あ、もしかして次回作でも思い付いたのですか？」

「えっと…。」

今は不意に過ってしまった10年近くも前の大学生の頃の思い出が過り浸っていただけで、女性が尋ねてきた次回作について梨乃は考えていなかった。だが、相手の女性は気分が高揚しているのだろう。梨乃が困惑している事に気付く様子もなく続けた。

「いや～私、本当にあなたのファンなんです！　デビュー作の『溶けない初恋』からずっと！　人と妖達の恋の部分も良いですが、それを見守る人の心境が好きでして！特に相手に想いを寄せている様子が妙にリアルというか…。もしかして実体験とか？」

「っ、どうでしょうかね？　まぁ、その辺りは『ご想像にお任せします。』と言わせて下さい。」

そう語る女性…記者はその言葉通り、小説家となった梨乃の書き上げた作品を好んでくれているのだろう。瞳を輝かせ、語る声も高らかなものになっている。すると女性記者の勢いに戸惑いながら応えていた梨乃は、ある事が不意に過ったからか。こう続けた。

「実体験、かどうかは言えませんけど。ただ1つ不思議な話があるんです。あなたが先ほど話に出していた『溶けない初恋』なんですけど。あれが出版された日に雪が降ったんです。そして翌年からは、ある日には絶対雪が降るようにもなったんです。

…大切な人の誕生日に。」

「っ、そうなんですか？」

「ええ。もしかしたら『溶けない初恋』に出てくる人達が言っているのかもしれません。『私達の事を、この想いを忘れないで。』と。忘れるはずないんですけどね。」

「はぁ…。」

物語の中にある人間と妖の恋の様子や見守る者達の描写を好んでくれていても、実話となると受け付けられないようだ。その事を物語るように女性記者は取材を続けてはくれているが困惑の色を浮かべている。だが、梨乃が不快に感じる事はない。そればかりか取材のおかげで大学生時代の思い出が鮮明に過っていた事。更には話している内に『ある事』にも気付いたからか。窓へ向ける表情は自然と穏やかなものになっていた。

今年も雪が降っている。今日が初恋の人『白山小太郎』の誕生日だからだ。彼との思い出のように儚さを感じさせる柔らかな雪が——。

こどものせかい

『その世界には子供しかいなかった。けど、明るい場所ではなかった。彼女達がその体と心に、見えないとはいえ傷を負いすぎていたから――。』

1人の若い女性…『大野桃華《おおのももか》』はかなり動揺していた。目が覚めたら見た事がない光景が広がっていたからだ。それは寝起きという状態と相まって思考力を奪ってしまった影響もあるのか。目が覚める直前まで『自分が何処にいたのか。』だけでなく、『何を考えていたのか？』というのも全く思い出す事が出来ない。その状態は時間が経過すれば解消すると思われたが、一向に思い出す事が出来なかったせいだろう。桃華の不安は消えなかった。

だが、動揺が止まらないのは一部の記憶が消えて戻らない事だけが原因ではなかった。目を覚ますきっかけとなったのは声が聞こえたからなのだが、声の主が既に桃華の事を知っている様子だったのだ。桃華にとっては初めて会うはずの人物だったのにだ。しかも自らを『桜《さくら》』と名乗った少女は、まだ親が傍にいてもおかしくはない年頃。10歳にも満たないであろう幼い少女だったのだが…。

「あなた…1人なの？　お父さんやお母さんとかは？」

「いないよ？　お父さんとお母さんなんて。というか、お姉ちゃんぐらいに大きい人はいないんだ。」

「それって…大変じゃないの？　その…寂しくなったり、しないの？」

少女の言葉から彼女の親どころか大人も存在していない事に気付いてしまった為か。桃華は戸惑い、同時に気まずそうに尋ねてしまう。だが、当の少女は特に傷付いてはいないのだろう。明るい様子のまま答えた。

「ううん。全然寂しくないよ。だって友達がいっぱいいるもん。」

「友達？」

「うん。力持ちのダイチ君に物知りなユキちゃん。皆の事を心配して色々言ってくれるトウヤ君に楽しくなるお話を考えてくれるマオちゃんがいるだもん。寂しかったり大変じゃないよ。お父さんやお母さんがいなくてもね！」

「そう。良かった、わね。」

「うん！」

元気良く応える少女の様子は眩しい笑顔と相まって、見ている側も表情が緩くなるほどだ。実際、見知らぬ場所にいた事や直前の記憶が失われていた事で、自然と硬くなってしまっていた表情も変わっていた。僅かではあったが緩んだものになっていった。

こうして桜と共に過ごす事になった桃華。だが、この場所には桃華と同じぐらい、もしくはそれ以上の年齢になるであろう『大人』という存在がいなかったからか。桜以外の出会った子供達は桃華に一向に近付こうとしなかった。特に出会って間もない時に桜が口にした4人の子供…ダイチにユキ、トウヤやマオの態度は良くない。むしろダイチにトウヤは強い口調で、ユキとマオは無言のままで視線を逸らして立ち去ってしまう。想像以上に悪い態度だったのだ。それは4人の事を話すほどに仲良しである桜ですら初めて見る友人達の姿だったらしい。実際に目の当たりにした桜は戸惑いと共に動揺もしてしまう。だが、桜の様子に気付きながらも4人が態度を改める事はなかった。

するとと桃華に対する4人の友人達の態度に戸惑いつつも、桜は密かに決意を固める。友人達が桃華を受け入れてくれるように自ら動く事をだ。それは自分が倒れていた桃華を最初に発見した事だけではない。彼女に呼びかける為に体に触れた瞬間、『ある事』を察した。自分と桃華に特別な繋がりがあった事に…。

（だから…皆に受け入れて貰う為に頑張らないと！）

自分にとって共に過ごした時間の長さは違っていても、桃華も友人達も大切な存在だ。だからこそ皆が少しでも仲良くなる事を望むのは当たり前だろう。だが、それを含めていたとしても桜が力を入れ過ぎているのは明らか。本来ならば誰かが声をかけ、冷静さを取り戻させるべきだ。実際、彼女と仲が良かった4人は理由が分からなくても、大切な友人の様子が僅かに変わっている事を察知したからか。妙に入れすぎている体の力を少しでも抜いて欲しいとも思ったのだろう。桜にこう話しかけた。

「…なぁ、何でだ？　何で俺達とアイツ…桃華、だったか？　と仲良くさせたいんだ？」

「ダイチ君…。」

「そうだよ。あの人、私達よりも年上なんだよ？　怖い事されたら、どうするの？」

「俺達よりも年上の人は酷い事も言ったりする事が多いのを桜さんも分かっているでしょう？　それなのに近付いて嫌な事をされてしまったら？　そのせいで苦しむ桜さんの姿を見たくないです。」

「私もだよ、桜ちゃん。楽しいお話、考えられなくなっちゃう。だから…。」

「ユキちゃん…。トウヤ君…。マオちゃん…。」

桃華と仲良くなりたくない理由を皆は口々に告げる。その口調等は個々の性格を感じ易いものであるが、それ以上に自分の事を案じてくれているのが分かってしまった為か。桜は上手く言葉が出てこなくなる。だが、一度決めた事を崩す気はなくって。迷いや戸惑いを表すように揺らいでいた瞳は、すぐに元の力強さを取り戻す。そして瞳と同様に力強い口調で続けた。

「けど…私はやっぱり桃華さんと仲良くなって欲しい。」

「桜ちゃん…。」

「皆が私の事を大切に思っているから、桃華さんと仲良くなって欲しい。私にとって桃華さんは大切な人みたいなの。だから…。」

「大切って…どういう風なんだよ？　俺達よりも大切な人なのかよ？　最近の俺達が大変になってきているって！　辛くなっているって何となくでも知っているくせに！」

「そうですよ！　なのに嫌な事をさせようとするなんて！　桜さんって最低な人だったんですね！」

「もう知らないわ。行くわよ、マオ。」

「う、うん…。」

「っ、皆！」

　自分の想いを４人の大切な友人達に桜は必死に伝えようとした。だが、友人達から返ってきたのは拒絶を表す言葉と態度ばかりだった事。何より一瞬怯んだ後とはいえ呼び止めたというのに、皆は振り向くどころか足を止めてもくれなかったからだろう。桜の表情は自然と苦しそうに歪んだものになってしまうのだった。


　一方の桃華は桜達の様子を見つめていた。だが、桜と他の子供達が喧嘩のような状態になってしまった事。その発端が自分だと自覚しているせいだろう。その表情は浮かないばかりか顔を上げる事すら出来ない。そして俯き続けていた為に、桜が何処かに行ってしまった事にも気付けなかった。


　その時だった。背後からこんな声が聞こえてきたのは…。

「喧嘩しちゃったみたいね？　あの子…桜と４人のお友達。」

「…え？」

急に背後から女性の声が聞こえてきた事。それも発せられた言葉から桜と彼女の友達4人について知っている事にも気が付く。だが、話しかけてきた相手の声がこの世界では有り得ない存在…自分よりも明らかに年上だと思える人物の声だったせいだろう。桃華は当然、動揺してしまう。それでも正体を確かめる為に勢いよく振り向くと頭も上げた。

だが、自分に話しかけてきた人物の正体を突き止める事は出来なかった。話しかけてきた人物が女性で自身よりも少し高い背丈だった事で大人だと改めて分かっても、どんな顔をしているのかも分からなかったからだ。頭から合羽を着込んでいるような姿をしていて、顔の部分で見えるのは口元までだったのだから…。

「…駄目よ。」

「え？」

「覗こうとしたら駄目。私の正体を突き止めようとする事もよ。だって私はこの世界にいてはいけない存在だから。」

「どういう、事ですか？」

下から覗き込むような形で口元だけでなく、鼻や目も含めた顔の全てを見て正体を突き止めようとした桃華。だが、女性は桃華の行動と真意に気が付いていたのだろう。覗かれないように頭のフードの両端を握り押さえ付ける。それだけでなく見られたくないという事まで言い放ってくる。そして自分の言葉に不思議そうにする桃華に対し告げた。

「『子供の世界』だから。」

「子供の、世界?」

「ええ。あなたも何となく気付いているとは思うけど、ここは本来なら子供だけしかいられない場所なの。…何か特別な理由がなければね。」

「『特別な理由』って…」

「それは…私にも分からないわ。けど『特別な理由』があったとしても、ここは子供以外が存在してはならない世界なの。多分、だけど。つまり私とあなた、子供とは言えないような存在はいてはいけないの。」

「…。」

「そして…何となくだけど私はあなたに正体を知られてはいけない存在だとも思う。だから見極めようとしないで。お願い。」

フードで顔を隠し続けながら一方的としか思えない言葉を口にし続ける『謎の女性』。意図や感情が読み難く感じるほど淡々とした、状況によっては不快に感じてしまうほどの冷たい声でだ。それでも不思議と不快感が芽生えていない事に桃華は気付いていた。何となく知っている声に近いのに気付いた事で…。

こうしてこの世界…『子供の世界』についてだけでなく、『謎の女性』の存在や言葉にも戸惑い始める桃華。だが、『謎の女性』の正体は分からなくても、彼女が告げた言葉が嘘ではない可能性にも気が付いてしまう。最近、時々ではあるが『子供の世界』に黒い霧が漂っている事にだ。もっとも桃華が不安を覚えたのは『子供の世界』に起き始めた異常よりも桜の事だ。倒れて動けなくなっていたのを見つけてしまったから…。

「桜…。ごめん…。ごめんね…。」

本人から言われたわけではなかったが、倒れてしまうほどに桜が追い詰められていた原因が自分にあると分かっていた。だが、分かってはいても、どうすれば良いのか迷ってしまっているのだろう。看病という形で傍にいて呼びかけながらも、それ以上は何も出来ないのだった。

そんな桃華と同様に桜の4人の友人達も動けずにいた。倒れてしまった理由や原因を知っているというのにだ。むしろ自覚しているからこそ罪悪感が芽生えていて。それは桜の体調が戻らない時間が延びていけば延びていくほどに強くなり、更には子供達の体に何らかの影響も与えているのか。腕に『黒いシミのようなもの』を付けさせたのだ。だが、痛みがなかった事。何より桜は未だほとんど目を覚ましていない状態なのだ。4人が自分達の体の変化から目をそらしてしまう。そればかりか桜の身を案じる想いは僅かでも子供達の心境に変化も与えさせていたらしい。自分達から話しかけはしなかったが、桜へ見舞う為に桃華がいる空間に何度も訪れていた。

すると昏睡状態に近くても何度も声をかけられていたからか。はたまた不思議な力が発動していたのか。遂に桜は意識を取り戻す。しかも彼女の瞳に映ったのが桃華と友人達が横に並んで覗き込んでいる姿。意識を失う前に望んでいた光景ともいえるものだったからだろう。思わずこう呟いた。

「良かった…。仲良く、なれたんだね。…うれ、しい。」

「っ。」

意識を取り戻して間もなかった事で呟かれた声は吐息のように小さい。だが、彼女の近くにいた事で桃華だけでなく、友人達の耳にもちゃんと聞き取れたらしい。皆は思わず目を見開く。特に桃華への警戒心が強かった4人は息を呑んでしまう。それでもようやく意識を取り戻した桜の言葉を否定はしたくなかったからか。皆は気まずそうに桜から一瞬目を逸らすが、こんな言葉を口にした。

「…看病、してくれていたから。」

「?」

「君が…桜さんが倒れたって聞いた時、僕達どうすれば良いのか分からなくなったんです。『僕達のせいで病気になったかもしれない。』って思ったから。」

「そう考えたら看病出来なかった。いいえ、会いに行く事も出来なくなったの。」

「でもね。やっぱり桜ちゃんに会いたくてお見舞いに来たの。そうしたらこの人が看病していて…。だから、その…少しだけど『大丈夫かな?』って思えるようになったんだ。」

「そ、か…。良かった。」

僅かとはいえ桃華への警戒心が弱くなった経緯について話す4人を見て、嬉しそうな言葉を漏らす桜。自分を皆が心配してくれていたのを改めて知った事。何より4人が少しでも桃華に歩み寄ろうと思っている事も分かったのだ。まだ表情を変えられるほどの力が入らなくても、喜ぶのは当然の事だった。そして桜のその姿を見て、4人は背中を押されたような感覚になったのか。桃華に向かって告げた。

「その…悪かった。今まで嫌がったりして。」

「無視もしてごめんなさい。」

「そして…桜さんの看病をしてくれてありがとう。」

「ありがとう、ございました。」

「…ううん。こちらこそ、ありがとう。ありがとうね。」

桜に促されたような形が大きいとはいえ、謝罪と感謝の言葉を口にする4人。その様子はまだ僅かに残っている警戒心も影響しているのだろう。声も表情も迷いを示すように終始辿々しいものになってしまう。だが、自分達の言葉を桃華が受け入れてくれた事。何より浮かべていた桜の表情が更に嬉しそうだったからか。それにつられるように4人の表情も緩やかになるのだった。

こうして桜の意識が戻った事をきっかけに桃華との距離を4人は縮める事が出来た。少なくとも顔を合わせた時には挨拶を交わせるぐらいには親しくなれたのだ。そして桃華の方も子供達の態度の変化に最初は驚いていたが、彼らなりに親しくなろうとしているのを察した事。更には挨拶だけであっても友人達が声をかけてくる姿を、表情を緩ませながら見守っている桜にも気が付いたからか。幸せそうな桜に促されるように、近付いてくる子供達の事を受け入れていった。

だが、『穏やかな時間』と表せるものは長くは続かなかった。桜の体調が良くなっていく中で、密かに他の子供達の体に異常が現れていたのだ。特に彼女と親しかった4人は他の数人の子供達よりも早く『黒いシミのようなもの』が現れていた事。それにより時間の経過に比例した変化の度合いが速くなっていたのだろう。服で隠す事が困難になってしまうほどに範囲が広がり、触れた感覚も人の肌というより車のタイヤのような硬いゴムに似たものになってしまっていたのだ。それだけではない。桜に心配させないように隠そうとしていた想いをあざ笑うように、4人は容姿ですら変わってしまう。手足の先が枯れ枝のように細長く歪な形に、頭には角を思わせるようなものが2本生えたものにだ。まるで鬼や悪魔を連想させる姿に…。

「何だよ、これ!?」

「何でこんな…怖いものになるんですか!?」

「これじゃ…あの人達と変わらないじゃない!」

「嫌あぁ！」

自分達の体が不快に感じるものに変化していく。それは同時に『痛くて苦しい出来事』を次々と思い出させてしまったのだろう。4人は悲鳴を上げてしまう。鬼や悪魔を連想させる姿は自分達を痛め付けた親達に似ていたから…。

ダイチは腕力が強い少年だった。大工の仕事に就いて生かせるほどに、腕力が強かった父に似たからだ。だが、その父の対人関係はあまり良くない。むしろ『自分の言う事を聞いてくれない。』と思うと、持ち前の腕力を振るう人物だったのだ。その矛先は当然他人だけに向けられるものではない。妻と息子・ダイチにまで向けられ、2人の心と体は毎日傷を負っていく。それでもダイチの体は少しずつ成長していたのだろう。いつの頃からか、母親が自分以上に父親から暴力を受けている事にも気が付く。そして大切な母を守るべく、父に立ちはだかるようになったのだった。

だが、その日々は突然終わりを迎えてしまう。ある日、いつものように自宅で過ごしていた際に腹部を包丁で刺されてしまったのだ。自分が盾になる事を望むほどに大切だと思っていたはずの母親によって…。

「な…。」

「あの人と同じになるんでしょう!?　だったら…殺すしかないじゃない！　もう嫌なの！」

(ひどい、よ。母ちゃん…。)

夫に追い詰められていたとはいえ、一度刺してしまった事で歯止めが利かなくなってしまったのか。息子であるダイチがまだ生きていたというのに、母親は何度も彼の体を刺し続ける。その結果、守っていたはずの母が刺してきたのか分からずに、ダイチの命は尽きてしまった。

ユキは学ぶ事が好きな少女だった。物心が付く頃から病院で生活しなくてはならないほどに体が弱く、読書する時間が同世代の子達よりも多かったからだ。しかも彼女が気に入っていたのは辞書や図鑑といった文字が多く書かれているもので、読み終えるのに長い時間が必要となる書物ばかりだ。だが、時間が沢山あったユキは1つ1つ丁寧に読み込んでいったおかげか、気が付けば開いた事がある辞書や図鑑に載っていた内容を、すぐに口に出せてしまうほどに覚えていたのだった。

だが、その日々も終わろうとしていた。退院の目安が付けられるほどに安定し始めていたはずの体調が、再び悪化していったのだ。しかも1ヶ月ぐらい前にはベッドから降りて歩く事が出来ていたが、今は僅かに動いただけで呼吸が困難になるほどに悪くなってしまう。更には呼吸困難の症状は以前から度々起きていたのだが、あの頃よりも体調が落ち着く気配はない。何より今回の体調悪化は、いつもより絶望を感じる事になる。意識障害まで起こしていたユキの傍らで、実の両親がこんな事を告げていたのだから…。

「すまないな、ユキ…。元気にさせてあげられなくて…。」

「いいえ…それだけじゃないわ。元気を奪う事もしてしまって…本当にごめんなさい。…許して。」

（ああ、そうか。また苦しくなっちゃったのは…パパとママのせいだったんだ。）

言葉等もあって自分の体調が急激に悪化し、一向に回復しない原因が両親にある事を察してしまったのだろう。閉ざされた瞼の隙間から自然と涙が溢れ、雫となって伝い落ちる。それでも声を発する事は出来ないまま、この数時間後にユキは静かに旅立ってしまった。


トウヤは周囲に対し常に気を配る少年だった。5人兄弟の末っ子だった事で、他の兄姉達に対し大人が大変そうにしているのを見る事も多かったせいか。自然と遠慮する事を覚えてしまうほど、周囲に対し気遣う子になってしまう。特に父に対しては日々仕事に追われているだけでなく、休暇も妻を支え子供達の相手をしている事を見てきた為に気遣っていた。彼が一番心身ともに疲労しているであろう事に気が付いていたのだから…。

だが、トウヤの人生も数年しか続かなかった。一番彼が気遣っていた相手である父親の手によって終わりを迎えてしまったのだ。発端となった出来事は両親の離婚で、日常の形が変わった事だった。すると子供のトウヤにとっては少しの変化であっても、やはり大人である父にとっては大きすぎる出来事だったらしい。それを表すように今まで飲めなかった酒をよく飲むようになり、トウヤに対し強い言葉を浴びせて叩いたりもする。明らかに離婚前とは真逆のものに変わってしまう。そして一度表に出てしまった非道な態度は日が経過していく内に更に悪化。表に出てくる頻度が上がっていき、その度にトウヤの身も心も傷付けていく。それは離婚から約1年が経過したある日に、トウヤの命を失わせてしまう。叩かれた傷の治療も受けられず、更に食事も与えられなくなったせいで…。

「俺がこうなってしまったのは、アイツらが悪いんだ。俺の…俺のせいじゃない。頑張ってきた俺は悪くないんだ！」

（そう、だね。お父さんは頑張っていたね。だ、けど…ごめんなさい。それを僕はもう皆に言う事も…頷く事も出来そうにありません。）

酒を片手に嘆いている父の呟きに耳を傾け、殴られながらも頷いたりしていたトウヤ。その状況は意識を失い始めていても変わらない。だが、さすがに頷く事は出来なくなり、光が消えてしまった瞳で嘆く父をただ映し続ける。そして何も出来なくなった事を詫びながら息を引き取ってしまった。

マオは物語を考える事が大好きな少女だった。その間は苦痛を感じる現実から逃げられるからだ。それは『自分達よりも優秀な子供』を望んでいた両親により、運動能力だけではなく高い知能も持ち続ける事を望まれていた事。その為にまだ1歳にもならなかった時から平日も休日も関係なく塾やスポーツ教室に通わされていた。更に自宅で過ごしている時にも両親は生活態度を中心に教育してきたのだ。それは小学校に入学してからも変わらない。むしろ周囲と比較し易い環境になったせいか。両親による教育の熱は益々上がり、塾や教室に通う頻度は増やされてしまう。気を休める事が出来るのは家の中でも就寝時のみだ。特に眠りに落ちるまでの僅かな時間は入浴後だった事で、思考も気分も穏やかになっていたのだろう。『王子様やお姫様が出てくる話』や『正義の味方が悪い奴を倒す話』等、様々な物語を考える事が出来た時間が大好きだった。

だが、その日々にも終止符を打たされてしまう事になる。小学生になって3年が経過した頃に亡くなってしまったのだ。体だけではなく心の部分でも死を迎えてしまったのだ。就寝前に思い付いた物語等を書いていたノートを両親に見つけられてしまった事。それを目の前で破かれただけでなく、手や足で何度も体を打ち付けられ続けたせいでだ。こんな言葉を浴びせられながら…。

「最近成績が上がらないどころか、落ちていると思ったら…。私達に内緒でこんなものを書いていたんだな。反省するまで少し痛い目を見ないと。な！」

「そうよ。こうなったのは、あなた自身が悪いの。だから私達があなたの事を考えているって分かるまで、反省するまで指導しないと！」

（ああ…もうお話…考える事、出来なくなっちゃうんだ。）

両親が教育という言葉と共に行ってくるのは、明らかに幼い子供が受けるには限度を超えた行為だった。実際、両親の拳と足から放たれた衝撃により、苦痛の声を上げる事が出来たのは最初の数発分だけ。すぐに声を発する事は出来なくなってしまう。痛みが弱まるばかりか、強くなっていくのを感じ取っているというのにだ。そして数えられないほどの苦痛を感じている内にマオの意識はなくなり、その後すぐに命も消えてしまうのだった。

そんな眠らされていたはずの忌まわしい記憶である『死の直前の出来事』が、黒いシミの出現と共に過るようになっていた。そればかりか4人の中には『ある感情』も芽生えるようになってしまう。死の直前に味わわされた苦痛だけでなく、夢を果たせなかった無念というものがだ。それは自然と4人の中に怒りも生んでしまったのだろう。その事を物語るように、こんな想いも芽生えていたのだから…。

(何で自分だけが苦しくなるの？)

(許せない。許せない…。)

(この苦しさと痛みを皆に味わわせたい。)

(夢を果たせないのなら全部壊してしまいたい!)

姿が完全に人とは異なるものに変わってしまったせいか。本来の彼らの性格とは異なる荒々しい感情は湧き続け、一向に止まりそうにない。むしろ膨らみ強くなっていく一方だ。そして強まっていく怒りが溢れてしまったのだろう。溢れてしまった感情に突き動かされるように4人は他の子供達に接近。人とは思えない色と形へと変わってしまった腕を振るい始めるのだった。

一方その頃。桃華も動揺していた。桜の様子がおかしくなってしまったからだ。独り言を呟きながら何処かへ向かおうとする動き続けるものに…。

「駄目…。それ以上、怒ったら…。」

「…桜?」

「皆が…怒ってる。そのせいで『怖いモノ』になってる。私…私、が止めないと!」

「っ。ちょっ…落ち着いて!」

ようやく体調が落ち着いた事に安堵していたというのに、また顔色が悪くなり瞳も虚ろな状態になってしまった。更には呼びかけても桃華の声が届いていないかのように呟き続け、何処かに向かおうとしているのだ。強い不安の感情により桃華は胸の中が妙に激しく脈を打っているのに気付く。そして大きくなるばかりの不安に突き動かされるように桜に後ろから抱き付き声もかける。その様子から桜が落ち着きそうにない事も察していたが、桃華の方も離さなかった。

そうして桜の様子がおかしくなった事で胸騒ぎを覚え続けていた時だった。何者かが近付いてくるのに気が付いたのは。それも聞こえてきた声から桃華は相手についてすぐ察した。この世界に辿り着いてまだ時間が経っていない頃に出会い、意味深な言葉を告げてきた『謎の女性』である事を…。

「こんにちは。何だか大変そうね？」

「っ、ええ…。何かを言っていると思ったら、何処かに行こうとしているんです。必死に止めているのに声も聞こえていないらしくて…。この前まで倒れていたから心配なんですけど…。」

「それは仕方ないわ。だってこの世界の子供達に異常が出てしまったもの。特に桜と仲が良いダイチにユキ、それとトウヤとマオの４人の状態がひどくなってしまったから。」

「っ、ひどくって何が…。」

「そうね。簡単に言うと『人間ではなくなってしまった。』っていうところかしら。」

「っ。どういう、事ですか?」

やはり『謎の女性』は全てを理解しているらしい。桃華の話を聞いても動揺した様子はなく、むしろ桜の様子がおかしくなった原因について口にしてくる。更には桃華の様子から自身が口にした言葉の意味を理解出来ていない事も分かったのだろう。困惑した様子の桃華を見つめながら再び口を開いた。

「どういう事も何も言葉の通りよ。桜の4人のお友達は人ではなくなってしまった。鬼…ううん、悪魔みたいな姿に変わってしまったの。それも姿だけでなく心も。過去…この世界に辿り着く前の出来事のせいで。」

「この世界に辿り着く前、って…。」

「ああ、そうね。あなたにこの世界がどういう場所なのかを、まだ話していなかったわね。『この世界には子供しかいない。』って前に話したでしょう? 実はいるのはただの…いいえ、普通の子供達じゃない。生前、辛い出来事を経験した子供が辿り着く場所なの。」

「生前…。」

「ええ。更に正確に言えば親に虐待されて亡くなってしまった子供しかいない。そして、そういう過去を持った子達の中でも相当に辛い目に遭っていたのが、多分桜のお友達のあの4人なんだと思う。他の子供達は体に黒いシミみたいなのが出ているぐらいで済んでいるけど、4人に関しては姿まで変わっているから。過去の出来事の辛さに比例するように。」

「じゃあ…何でこの子は、桜には何も起きていないの？　見たところ、黒いシミもないみたいだけど。」

「…さぁ？　それは分からない。けど、桜の様子がおかしくなってしまった理由は4人が鬼や悪魔みたいな姿に変わってしまったからだと思う。姿だけじゃなくて心も鬼や悪魔のように『相手をただ傷付けたい。』というものに変わって、それを感じ取ったから桜もおかしくなったの。人ではなくなってしまうお友達を止めたくて。もちろん私の想像と言われてしまえば、そうだけどね。」

「桜…。」

『謎の女性』の話に驚きながらも状況から真実味を感じたからか。桃華は受け入れるように耳を傾け反応も示す。そして話を聞いている間も背後から抱き付くような形で制止させ続けていれば、桜はまだ病み上がりだった事もあり体力を消耗していたのだろう。表情や呟き続ける状態は変わらなかったものの、足の動きは止まっていく。その変化に桃華は戸惑うが、余計な体力を使わずに済むからか。『謎の女性』が告げていた『黒いシミ』が桜の体にない事等を確かめながら安堵の息も漏らすのだった。

だが、いつまでも胸を撫で下ろしてはいられない事も桃華は分かっていた。『謎の女性』からの話の通りならば桜の４人の友達が人ではない存在になっているばかりか、他の子供達を傷付けている可能性が高いからだ。更に改めて耳を澄ませば僅かに声が聞こえてきた事。それが悲鳴のようなものである事にも気が付いたのだろう。桃華は本調子ではないせいで意識を再び失ってしまった桜を寝かせると徐に立ち上がった。

「何処に行くの？　もしかして…桜の友達を止めに行こうとしているのかしら。止められるかも分からないのに。」

「ええ、分かっています。私じゃ止められない可能性が高い事は。だって、私は子供達に好かれていないから。桜のおかげで挨拶はしてくれるようにはなりましたけど。

でも、やっぱり距離があるので好かれてはいないんだと思っています。」

「…っ。」

「でも、だからと言って体は動いてしまうんです。僅かだけど声が、悲鳴みたいな声が聞こえたから。それに…さっきの桜の様子を見ていたら動きたくなるんです。理由は分からないんですけどね。」

言葉通り自分で自分の行動が理解出来ないからか。そう語る桃華は迷いを表すように瞳の動きは落ち着かず、微笑みも力の込められていない表情を浮かべていた。

そうして自分自身に戸惑い続けていた桃華の一方で、『謎の女性』は桜の友達を救おうとしている理由が分かっていたのか。桃華の言葉に息を呑んだものの、それも一瞬の事。後は特に動揺した様子は見せていない。むしろ手を貸したいとも思ったのだろう。こんな事を告げた。

「…あなたの想い、何となくでも分かりました。『桜の為にも4人を助けたい。』という想いが本物である事も。そんなあなたに今から『特別な力』を与えます。」

「っ、えっと…ありがとうございます？　って、何ですか？『特別な力』って…。」

「あの子達…桜の友人であるダイチにユキ、トウヤにマオに触れると『姿が変わってしまった理由』が見える力です。そして望めば4人も元に戻せる、かと思います。ただ…。」

「ただ…?」

与えようと考えている力について『謎の女性』は話してくれた。だが、その力は素晴らしい効果だけでなく、欠点のようなものも含まれていたのか。途中から戸惑った様子で語っていた。それでも話を聞いた桃華には欲しいと思える力であったようだ。その事を表すように『謎の女性』が告げていた力を欲している意志を示す。そして桃華の様子に『謎の女性』も決意を固める事が出来たのだろう。桃華の頬に手を添えると微笑むのだった。


一方その頃。桜の友人達だった4人は、生前の最期の記憶のせいか。その姿だけでなく思考も益々、鬼や悪魔としか思えないものへと変わってしまっていた。すると思考の変化と自我の消失を示すように、4人は他の子供達を次々と襲撃していく。突進し歪な腕を振り上げて殴り付け、更に鋭い爪で切り付けていくという行為で…。

「やめて!? お兄ちゃん達!」

「お願い! 目を覚ましてよ!」

「痛い、痛いよぉ！」

「もう嫌だぁ…！」

　変化が起きた直後はまだ僅かでも面影を感じる事が出来たからだろう。その姿が変わってしまっても、鬼や悪魔のような見た目でも4人だと他の子供達も分かっていた。だが、自分達を見つめる目が時間の経過と共に鮮血から赤黒い色へと変わっていった事。何より人間とは異なる形となってしまった腕を振り回しながら襲ってもくるのだ。恐怖だけでなく付けられた傷の痛みもあり、子供達は悲鳴を上げる。だが、その様子を目の当たりにしても4人は一向に止まる事はない。まさに地獄絵図と表現されるであろう光景が広がってしまっていた。

　その時だった。10人近くの子供達が傷付いて倒れてしまっていた所に桃華が現れたのは。それだけではなく『人と異なる存在』となった4人の所に向かって、こんな事も言い放ったのは…。

「あなた達の相手は私よ！　だから…皆に手を出すのは止めなさい！」

「おね、えさん…？」

『ッ！』

他の子供達への攻撃をやめるような声を発してきた事。更に発した言葉や見つめてくる姿には本気で4人を止めようとしている事を感じさせるものだったからか。その桃華の行動に4人だけでなく、襲われていた子供達も驚き戸惑う。4人よりは桃華に対し敵意を持っていなかったが、積極的に関わろうとは思っていなかった相手だったからだ。そんな人物が明らかに自分達を守ろうと、『人と異なる存在』となった4人に対峙したのだ。戸惑いが芽生えてしまうのは仕方がないだろう。だが、それ以上に子供達の中で芽生えたのは『逃げられる好機』という考えだからか。実際、4人が桃華に気を取られている事を察知すると、他の子供達は行動を開始。怪我をした子には手を掴んで少し強引に立たせそのまま引っ張っていったり、少し強めに背中を押して歩かせたりもする。おかげで子供達は意外にも早く『人と異なる存在』となった4人と距離を取る事が出来たのだった。

一方の桃華は必死に離れていく子供達を見る事が出来たからだろう。胸を撫で下ろし1つ息も漏らす。だが、その様子に自分達から意識が逸れてしまったのに気が付いた事。何より直前まで感情のままに襲っていた子供達が桃華により逃げてしまったのだ。元々、芽生えてしまっていた怒りは、標的を失った事で更に強まってしまう。そして荒々しい感情のままに桃華に接近すると体当たりをするように勢いよく突き飛ばし、子供達の時と同様に腕を振るっての攻撃も行う。だが、腕を振るっての攻撃は当たらなかった上、何度突き飛ばしても桃華は立ち上がってくるからか。4人の中にある荒々しい感情は一向に静まらなかった。

そんな4人であったが、桃華はやはり引かない。むしろ『謎の女性』から与えられた『特別な力』を使う為だろう。4人が襲い続けていたが、何度も立ち上がる。すると善悪の感覚は失われても、桃華が退こうとしない事に戸惑い始めたようだ。それを表すように4人の動きは少しずつ鈍くなっていく。そして動きが鈍くなった事で隙も生まれたようだ。現にそれを見抜いた桃華の方から今度は4人に接近。自分と一番距離が近かったダイチと、その次に近かったマオの2人を抱き締めるような形で。更に2人の後ろに並ぶような形でいたトウヤとユキは距離があった為に抱き締める事は出来なかったが、指先だけで2人に触れる。こんな事を告げながら…。

「大丈夫。私が受け止める。だから…あなた達が辛かった事、全部見せて？」

『何、ヲ…っ!?』

桃華がそう口にすれば、その言葉が『謎の女性』に与えられた力を発動させる合図のようなものだったのだろう。それを物語るように光が発生。自分と4人を包み込むように大きくなっていく。そして4人は桃華が何かを言った事は分かっていたが、その時には不思議な事に体が動かせなくなってしまったせいか。結局、桃華が『謎の女性』から受け取った力による光に包まれてしまう。もっとも桃華の行動や状況に動揺していたのは最初の内だけ。自分達を包み込む光の温かさに気付いてしまえば、4人は抵抗する意思もなくなっていったのだが。

こうして何とか力を発動する事が出来た桃華。だが、安堵に浸り続ける事は出来ない。『謎の女性』から『特別な力』についての説明もしてくれたのだが、こんな事も言われたのだから…。

「この力は想いに影響されます。今話した事が実際に起きるかは、あなたが心の底から強く望まなくてはなりません。『子供達の死ぬ直前の出来事を知りたい。』と望み、『心の闇を鎮めたい。』という事も強く決意しなくては『特別な力』を維持する事が出来ない可能性が高い。それほどまでに扱い方が難しい力なんです。」

「…。」

「…すみません。扱い難い力を与えようとしてしまって。けど、先ほど話した通りの効果を持つ『特別な力』というのは間違いありません。それに…あなたなら使えるとも思っているんです。だって…。」

「…？　何ですか？」

「…いえ。何でもありません。」

『特別な力』に関する注意点について口にする『謎の女性』だったが、その様子はまだ何か言いたげだった。だが、聞き返しても答えてはくれなかった事。何より『現状を変える為には素早く動いた方が良い。』とも思ったからだろう。桃華も強く追及する事はせず、『謎の女性』から『特別な力』を受け取るのだった。


そんな『謎の女性』との事を過らせながら受け取った力を発動する桃華。すると受け取った『特別な力』は確かに言葉通りの効果を持つものだったらしい。それを表すように光に包まれた後、桃華の脳裏に映像のようなものが流れ込んできたのだ。４人が生前、それぞれの親達のせいで心身共に深い傷を負わされた事。それにより最終的に亡くなったというものだ。そして亡くなった後でも傷が全く癒えていない事も知ってしまう。少なくとも姿だけでなく他の子供達に攻撃し続けてしまうほどに、本来とはかけ離れた状態になっていると知ってしまったのだから…。

（っ、確かにこういう事があって亡くなったのなら心も変わってしまうのは分かる。周りが見えなくなるぐらいに怒りが強くなってしまうのも。でも…桜達を傷付けるぐらいに我を忘れ続けて良い訳がない。目を覚まして欲しい。それを私や皆は望んでいる。きっと君達のお父さんやお母さん達も…。）

力を発動した際に見えた光景は4人が亡くなる直前のものであったが、桃華は『ある部分』にも気が付いていた。自分の子が死んでいく様子を辛そうに歪めた顔で見つめている、それぞれの親の姿にだ。そして一瞬とはいえ親達のその様子を見て、彼らも何か事情があって自分の子を最終的に死なせてしまった事も察したのだろう。『親達が罪を犯す事になったきっかけ』や、『自分の子を死なせてしまった事を後悔している。』というのを子供達に教えたいと考えるようになる。すると桃華のその想いは彼女が自覚していた以上に強く、『特別な力』に影響を与えるほどだったようだ。それを物語るように更に光が強くなると、今度は4人の脳裏にも『ある光景』が流れ始める。自分達が知らなかった、それぞれの親達の事に関するものが…。

ダイチを殺してしまった母親は生まれた時から父親がいない環境だった。しかも周囲にいたのは似た境遇…夫や恋人がいない中でも出産し子育てをしている女性ばかりだった事。更には生まれた子供の中には男の子もいたが、ある一定の年齢になると母親と共に姿を消していたせいだろう。『大人の男』という存在とは、ほとんど関わりを持てないまま育った。すると異性に対する免疫の低さを周囲の者達は素早く察知してしまったらしい。それを表すように高校入学を機に外へ出ると、同級生を中心に強引に関係を持たされ捨てられる…という日々を送らされるようになる。そして高校を卒業し約1年後にダイチの父親となる男と出会うと、『大人の男』らしい彼の力強さに惹かれた事もあり夫婦となった。

だが、相手は力強さを感じさせる人物だったが、その反面感情の起伏が激しい男でもあったらしい。『自分の許可なく他人と接触した。』『求めた酒や金銭を用意していない。』等、何かと理由を付けては暴力を振るっていた。それは必然的に彼女の中に強い恐怖を生み精神も破壊。実の息子であるはずのダイチですら恐怖の対象に見えるほどに壊れていってしまう。そして心が壊れてしまった事で遂にダイチを殺害してしまうのだが、本来は子供に対し愛情深い人物だったからか。冷たく横たわっているダイチを前に我に返ると、周囲の音や声が耳に入ってこないぐらい泣き崩れてしまうのだった。

ユキを死なせてしまった両親は貧しかった。どちらの家庭も両親がいくら必死に働いても、ほとんど金銭が手元に残らない経済状況だったのだ。その度合いは同じ年頃の子供達が様々な習い事を行っているのを横目に、新聞等の配達業を行わなくてはならない。更には体調が悪くなっても病院に行けないほどだ。それは2人が思春期を迎えても変わらない。むしろその頃には長年無理をしていた影響で、それぞれの両親が病に倒れ亡くなりもしたからだろう。家庭内の経済状況は益々悪化していった。

そうして過ごしていた中で働いた勤務先の1つでユキの両親は知り合ったのだ。そこは接待付き飲食店で2人のように経済状況が良くない者達も働くような場所だった。するとウェイターと接待を行う店員として働き始めた2人は互いに似た環境で育ち、未だ苦しい生活をしている事を知ったからか。最初は仲間意識であったが、交流が深まっていく内に互いに対し特別な感情があるのを自覚。愛の結晶となるユキを妊娠した事で2人は結婚。過去とは真逆の幸せで穏やかな日々が続くと思われていた。だが、生まれたユキが難病を抱えていると判明。治療費によって生活の経済状況は悪化し、ユキが受けられる治療が簡易的なものになっていく。むしろ期間も徐々に短くなってしまったのだ。そして最終的にユキは持病により亡くなるのだが、夫婦はそれを本当は望んでいなかったからだろう。彼女が亡くなる直前に遺書を用意すると、葬儀が終わってすぐに崖から飛び降りる事で夫婦もユキの後を追うように命を絶ってしまったのだった。

トウヤを死なせてしまった父親は両親の温かさをほとんど感じた事がなかった。母親は結婚した後も夫以外の男性達と平気で交際し続ける人物だったのだ。そして夫の方は自由すぎる妻によって身も心も傷を負い続けていたせいか。仕事以外は家にこもる生活を送っている人物だった。その状況は息子が小学校を卒業する直前に両親が離婚するまで続き、父と2人きりになってからは寂しさがより強くなっていった。

　そんな彼だったが、成人を迎えて10年以上経過した頃に結婚。更にトウヤを含めた5人の子宝に恵まれる。そして仕事と子育てといった、体力を激しく消耗する時を15年以上過ごすが、自身の寂しかった幼少期とは違い賑やかで充実した日々だった。だが、やはり親子というのは同じ運命を辿るのだろう。それを物語るように自身の妻も母親と同様に他の男達との関係を切らない人物で。後にトウヤ以外の子供達の父親は自分ではなかっただけでなく、どの子も違う男達が血縁上の父親だと判明したのだ。しかも妻はトウヤを生んだ頃には彼の父親である夫の事に飽きていて。最終的にトウヤ以外の子供達と共に家から出て行ってしまう。それは実の息子に度々手を上げさせてしまうほどの深い傷を負わせてしまう。そして遂にはトウヤの命を奪ってしまうのだが、唯一血が繋がった息子を死なせてしまった事。何より自分の事を慕い、大切にしてくれていた子の命を奪ってしまったせいだろう。その罪を自覚した途端に精神は闇へと落ちてしまう。それは逮捕された後だけでなく、拘置所で病死する直前になっても雑談にも応じられないほどに廃人のような状態になってしまったのだった。

マオを殺した両親は教育に熱心過ぎる2人だった。それぞれの親達が勉学に熱心だったからだ。その熱心さは入園する際に受験というものがある幼稚園に通わせるべく、生後3ヶ月前後から幼児教育も出来る保育園に入れただけではない。卒園後の小学校も地元のではなく、入学時に受験制度がある大学附属の所へ入れさせたのだ。そして在学中の学力を少しでも向上させる為だろう。塾に通わせ家庭教師も付けさせ、平日ばかりか休日まで勉強漬けにさせる。おかげで在学中は首席を維持し続けられるほどに『頭の良い者』に育ったが、それぞれの親達は学力が落ちてしまう事に敏感だったようだ。現に成績が落ちるとそれを理由に暴言を吐き、実際に手も上げたりする人達だったのだ。それは確実に2人の心に影響を与え、将来の夢が特にない無気力な人物になってしまった。

そんな2人は合同お見合いパーティーにて出会った。互いの母親が自分の子供の情報交換した事をきっかけにだ。そして親達に促されるがままにデートという名目で何度も会い続け約半年後には結婚。更に1年後にはマオが生まれた。だが、元々無気力な様子で生き、特定の存在に対しても愛情が湧き難い『機械のような2人』なのだ。

自分達の子供であるはずのマオに対しても淡々とした態度で接し続ける。それだけでなく自分達が育った環境の影響か。特に知能においては自分達以上の事を求めていて、それ以外の事に興味を持たせないように塾と参考書、更に家庭教師までも付けさせた。平日以外の時でもだ。それほどまでにマオの学力の向上に力を入れていた為、彼女がノートに物語のようなものを書いているのを知ると感情が爆発。言葉で責め立てるだけでなく手を上げ、足で何度も蹴り続けるという物理的な暴力も振るうようになってしまう。その怒りは一度手を上げてしまった事で、より歯止めが利かなくなってしまったらしい。最終的には自分達の娘であるはずのマオを殺してしまうほどに非道な暴力となっていた。だが、家宅捜査にて押収された品の中にあったマオのノート内に書かれた物語にて、両親だと思われる者達が登場。2人が苦境を乗り越え幸せになる話が書かれていたのを捜査官が発見。そこからマオは両親の事がちゃんと好きで大切だったというのを察し、その事を2人にも伝えたからだろう。マオを殺してしまった事に対し一瞬で弱くても、両親の中に後悔というものが芽生えたのだった。

それらの光景が『謎の女性』から与えられた『特別な力』の効果で脳裏に過った事。何より見えたものに対し、不思議と違和感のようなのを覚えなかったからか。光景の全てがほぼ本当の事だと桃華は改めて直感する。そして『事実だからこそ4人にも見せたい。』という桃華の想いに応えるように力は更に発動。その発動された力を4人は浴びた事で、桃華が見たのと同じ光景が過ったようだ。それを表すように4人は少しずつ静かになっていく。そして過った光景から自分に対する両親の想いを改めて感じる事が出来たからだろう。気付けば4人の動きは完全に止まっていたのだった。

その状況から、どれほどの時間が経過したのだろうか。この世界の時の流れは未だ読めない為、正確な時間はよく分からない。だが、桃華の体感では少なくとも30分も経過していない。それほどまでに僅かな時間だった。

そんな感覚でいた桃華だが、4人は短い時間でも自分達の両親の過去も含んだものを見られた事。それと同時に自分達を殺してしまったきっかけを知る事も出来たからだろう。少し前まで自分達の中に渦巻いていた荒々しい感情が鎮まっていくのを4人は自覚する。そして感情の鎮静化は子供達の体にも影響を与えたようだ。その事を物語るように4人の体は再び変化。黒くて歪な形をした魔物や鬼のようなものから人間の、本来の少年少女へと戻っていく。更に戻っていくのは姿だけでなく、その思考も同じだったからか。少なくとも『自分達を殺してした親にも、そうなってしまった理由がある。』、『だから自分の子供と上手く向き合えずに殺してしまったんだ。』という事に気付けるようになる。そして『多少の時間差はあっても殺してしまった事に後悔している。』というのも知る事が出来たからだろう。子供達の瞳からは自然と涙が溢れ、最終的に頬を伝って落ちていく。すると涙を流す彼らの姿を目の当たりにした事。その姿に何故か桃華は自分の胸の中に痛みが芽生えているのにも気付いたが、この時には理由がまだ分かっていなかったせいか。桃華に出来た事は4人を落ち着かせる為に、彼らを抱き締めながら背中を優しく擦る事だけだった。

こうして『謎の女性』から受け取った力のおかげとはいえ、『人と異なる存在』となっていた4人を元の状態に戻し癒す事も出来たからだろう。子供達の中に強さに差はあっても湧いていた桃華に対する警戒心は更に弱まっていく。最近では自ら挨拶に来るだけでなく、遊びに誘うほどに距離も縮まっていた。特に4人は自分達を元に戻してくれた事。何より桃華を通して自分達が知らなかった親の一面を知る事が出来たのだ。そのきっかけを作ってくれた事も含め、前以上に桃華に懐くのは自然の流れだった。そして皆が桃華を受け入れるようになっていった効果なのか。張り詰めていた空気は少しずつ解けたものへと変わっていく。更には漂う空気の変化は桜の体にも良い効果を与えてくれたらしい。その事を物語るように立って歩き回れる時間は徐々に増加。気付けば４人を含めた他の子供達と鬼ごっこやかくれんぼ等で遊べるぐらいにまで回復していたのだった。

だが、そんな子供達を見つめる桃華の表情はあまり明るいものではない。『愛おしい』という感情を瞳の色に含ませながらも、時々何かを堪えるように顔を歪めていたのだ。『謎の女性』に会った時に僅かに覚えた違和感のようなもの。それが最近になって益々強くなっていったのだ。自身の腹部に何かが起きていたという違和感が…。

（けど…分からない。何でお腹を…？）

記憶にある限りでは桃華に持病はなく、腹部に異常もなかった。だが、それはあくまで今ある記憶の中での話。この世界に辿り着く直前の記憶は未だほとんど失われている状態である為、本当に体に何も異常がなかったかは自分でも分からない。そして自分の事だというのに名前以外の記憶がないというのに気付き不快感が湧いた事。その感覚が強くなっていく一方だったせいだろう。子供達は気付けなかったようだが、桃華の顔色が良くない時間は増えていく。それほどまでに記憶がないという事に対し苦しみを感じるようになっていった。

そんな状態で過ごすようになっていた、ある日の事だった。桃華の前にあの『謎の女性』が再び現れたのは。しかも桃華が思い悩んでいる事。その理由についても当然察していたようだ。その事を物語るようにこう告げた。

「その様子…今度は自分の事で悩んでいるみたいね？　それも記憶がない事や、その理由が分からない事、かしら？」

「っ、どうして…。」

「前にも少し言ったつもりだけど、私はあなたの事を知っているの。いいえ、あなたの事だけじゃなくてあの子…桜の事も知っているわ。そして知っているっていうのは記憶が消えているっていう事だけじゃない。その消えている部分の内容。そして…あなたが自分のお腹の事が気になっているのも分かっている。そこに何が起きていたのかも、ね。」

「っ、何で…。」

「だって、私は…。」

「…っ。」

動揺する桃華を見つめながら淡々と告げる『謎の女性』。以前と同様に全てを把握しているかのような的確な言葉でだ。そして桃華は息を呑み、目も見開き固まってしまうほどに驚く事になる。『謎の女性』が頭に被っていたフードを自らまくり上げた事で知ってしまったからだ。『謎の女性』の顔が自分のとよく似ていた事に…。


一方の『謎の女性』は桃華のその様子から、自分の正体について何となくでも気が付いたのを察したのだろう。女性は1つ息を吐くと再び口を開いた。

「どうやら気付いたみたいですね？　私が数年後のあなた、つまり未来の『大野桃華』という事に。」

「え、ええ。ただ…どうして今まで隠していたんですか？　やはり物語とかでよく言われたりする『未来に影響が出るから。』とかですか？」

「確かにそれもあります。私が未来のあなたである事を話せば、あなたはきっと動こうとする。それほどまでに悲しくて、辛いとも感じてしまうであろう未来ですから。

そして動く事で影響が出るのは、あなただけではありません。少なくとも今、あなたの前にいる私は消えてしまうでしょう。私は未来を知らなかった事で動かなかった結果で生まれた存在になりますから。」

「消える、って…。」

少し前まで得体の知れない存在だった事で女性に対し戸惑いを覚えていた桃華。だが、女性の正体が『未来の自分』だと知ってしまったせいか。彼女が発した『消える』という言葉に動揺してしまう。すると女性はかつての自分の動揺を和らげたかったようだ。僅かに緩めた表情を浮かべながら続けた。

「そんな顔しないで下さい。悪いのはあなたじゃない。むしろ謝らなければならないのは私の方です。私とあなたの繋がりを会った時から知っていたのに、その事を話さなかった。…ずるいでしょう？」

「っ。そんな、事…！」

「良いのよ、無理しなくて。素直に『ずるい人だ』って言って下さい。けど…ありがとう。ちゃんと私の言葉に耳を傾けてくれて。傷付けないように言葉も選んでくれて。やっぱり、この頃の私は相手へ気を遣いすぎるぐらい人が良いわ。…そのせいで後に自分も辛くて苦しくなってしまうというのに。」

「どういう事、ですか？」

自分ばかりを責めるような事を口にし続ける『未来の自分』の姿が見ていられなくなり、思わず反論のような言葉を吐き出してしまう桃華。だが、女性がそれに不快感を示すどころか意味深な事を告げてきたからだろう。桃華は再び戸惑った様子の声を漏らしてしまう。そして女性は下腹部を軽く撫でながらこう告げた。

「ここに宿っていた命を捨ててしまったの。…周りの人達に気を遣いすぎてね。」

「捨てた、って…。」

「そして捨ててしまった命は、この世界にいるわ。多分、今のあなたなら何となくでも分かると思う。…いつも会っていて、一番近くにいてくれる子だから。」

「っ、それって…っ!?」

口元は僅かに緩んでいたが、告げる言葉が言葉だったからか。浮かべる表情は決して明るくはない。むしろ僅かに泣きそうなものを浮かべてしまっている。だが、桃華がその理由を改めて問いかける事は出来なかった。『未来の自分』が告げた言葉がきっかけで命を失う出来事が過り始めたからだ。この世界で会う前に母親という形で『桜』と会う予定だったのに、自らの手で消させてしまった出来事が…。

桃華が『桜』の父親に当たる青年と出会ったのは、まだ中学生の頃だった。彼も同級生で同じ組だったが、最初の頃は特に深い関係ではなかった。だが、それが進学先について真剣に考えるようになった中学2年生の半ば頃だろうか。『存在を知っている』という程度のクラスメイト同士という関係から、深く結び付いていくものへと変わっていったのは。彼が下りている遮断機を潜り踏切内に侵入という形で自殺しようとする姿を目撃。それを腕を強く引いて止めた事で…。

「うちにおいでよ。お母さんだけじゃなくて他にもお客さん達がいるけど、多分大丈夫だから。…って、言わなくても何となく知っているか。『うちが色んな人のたまり場になっている。』って同じ学校の他の子達が話してるもんね。」

「…。」

「というわけで、早く行こう！」

自ら口にしてきたように桃華の家は、住居兼店舗という作りをした書店だった。しかも他人と関わる事にあまり抵抗がない母親を見ながら育ったからだろう。桃華も自然と他人と関わる事に抵抗はなかった。何より周囲にいてくれたのは『父親を早くに亡くした母子2人を見守りたい。』と思ってくれるような人達ばかりだったからか。周囲が支えてくれたおかげで自分達の生活は安定している事を分かっていた母親は『恩返し』を決意。店舗近くに住んでいた人達だけでなく訪ねてきた客達に対しても温かく迎え入れ、時には居場所の1つとして場所や飲食の提供もするようになる。そして母親のその考えに桃華も自然と同調したようだ。いつの頃からか一緒になって訪ねてきた人達をもてなすようになる。それほどまでに桃華は他人と関わる事に対しためらいがないばかりか、警戒心もあまり持たずに育ったのだった。

そんな桃華の目に自殺しようとしていた彼の姿が映ったのだ。それを止める為に桃華が動いてしまったのは自然の流れなのだろう。しかも相手は同級生で同じクラスの彼だったのだ。声をかけるだけでなく自宅にも誘うような言葉も口にする。そして最初は自殺を止めてきた事自体に強く戸惑っていた彼も、桃華が自宅に招いてくれた事。その時の真っ直ぐな彼女の姿に突き動かされたような感覚になったらしい。それを表すように声を発する事は出来なかったが無言で頷くと、付いていくように足を進めていく。彼女の言葉を、その行為を受け入れる意志を示すように握り返しながら…。

こうして少し強引な形ではあったが、彼の自殺を桃華は止める事が出来た。そして結果から見れば、この時の出来事が桃華と彼との間に繋がりが生まれたきっかけとなった。招き入れた当初は戸惑いが強く無言でいる事が多かったが桃華とその母親だけでなく、書店を訪ねてきた客達も積極的に声をかけてくるような人達だった事。それに温かさと居心地の良さを感じたのだろう。少しずつではあったが、彼は語ってくれた。自己主張が弱いせいで自分の意見が言えない事。その中には中学を卒業後に行く高校についても含まれていて、自分が主張出来ないのを理由に両親が一方的に進学先を選び悩んでいる事を話す。同じ中学校に通う生徒達が多く進学する地元の高校に進学したいと伝えられていない事をだ。すると両親にただ話せないだけの自分の事を口にしたのに、桃華達は否定せずに耳を傾け続けてもくれたからか。胸の中で渦巻いていた重苦しいものが僅かでも浮上。それが桃華の家に通う日が続くにつれて益々、軽くなっていったのも自覚したのだろう。以前よりも自殺する事を考えなくても済むようになる。そして自分が感じる事が出来た居心地の良さを、あまり書店に行く事がなかった同級生や同じ塾に通っている他の学校の生徒達も味わって欲しいと思えたらしい。月に一度か二度程度ではあったが、誘った生徒達と共に書店を訪ねるようになったのだ。それは自然と桃華との距離を更に縮めさせたようだ。気が付けばお互いの事を『大切で居心地が良い存在』だと自覚し、それを相手に告白。恋人という表現は偽りではないぐらい深く、強い繋がりが出来たのだった。

　だが、幸せを感じていた時間は壊れてしまう事になる。桃華と母が暮らす所に『ある人物』…高貴な雰囲気を漂わせた彼の母親が訪ねてきたからだ。こんな事を告げる為に…。

「今まで息子とそのお友達の皆さんがお世話になりました。色々と話し相手にもなってくれていたみたいで感謝しますわ。…ですが、もう彼がここに来る事はありません。これからは家でちゃんと私達が見守りますから。将来に向けて大事な時期を無駄に過ごさせないようにする為に。」

「…っ。」

「ありがとうございます、受け入れて下さって。では、私はこれで失礼します。」

　彼の母親が浮かべていたのは微笑みだというのに何故か不快に感じたからだろう。あまり気持ちの良い話を彼の母親がしてこない事を桃華達は直感していた。だが、実際に言葉で聞いてしまえば強い痛みも感じてしまったせいか。彼と深く関わっていた桃華だけでなく彼女の母も思わず息を呑んでしまう。すると反論が出来なかった母娘の姿に、自分の言葉を受け入れてくれたと思ったようだ。口元を緩ませながら一方的としか思えない感謝の言葉を口にすると、訪ねてきた時と変わらない優雅な足取りで立ち去っていく。そして彼の母親は物理的にも距離を取らせる為だろう。本人にも引っ越す事を突然言い渡すと、連れ去るように一家で姿を消してしまう。その結果、距離が離れてしまった桃華と彼の関係も自然消滅してしまうのだった。

そんな辛い出来事のすぐ後だった。体の調子が以前とは変わっている事に気が付いたのは。そして自分で調べた事で新たな命が宿っている事。その命の父親となる人物が彼である事にもすぐに気付く。それは同時に『自分以外の者達にも報告しなければはならない。』という考えを湧かせ認識もしていた。彼だけでなく母や自分を可愛がってくれている客達にだ。だが…。

（…言えないよ。お母さんや皆、特に彼には…。）

彼の母親の言葉を受け入れたかのように全く反論しなかったのは自分だ。それだけでなく引っ越す事を後から知ったとはいえ、彼を探して会いに行く事も未だに行っていない。つまり自分が悪いと責め立てられても仕方がないとも言える状態にさせているのだ。何より『自殺しようとしたのを強引に止めただけでなく、生きる気力が湧くのなら彼からの行為を受け入れる。』と考え、実行してきた事を自覚していたからか。

体に新しい命が宿った事を誰にも告げない決意を固める。父親であるはずの彼ばかりか、自身の母や書店の客を含めた周囲の人達にもだ。だが、その決意は同時に桃華に『ある罪』のようなものを犯す事も決意させてしまう。宿ったばかりの命を消す罪を……。

「ご、めんね。ごめんなさい……。許さなくて、良いから……っ。」

まだ人の形にもなっていないと思われるほど命が宿ってからの日は浅い。だが、僅かな体調の異変をきっかけに自分で調べてから認識する事が出来た妊娠だからだろう。体がまだ形成されていないとしても自分以外の命が宿っていて、それを今から消そうとしているのを自覚しているのだ。自然と桃華の口から謝罪の言葉が漏れ続けてしまう。そして何処かの建物の外階段を数段上がり振り向くと、今上ってきた方へと吸い込まれるように前屈みに倒れていった。

それらの光景が『未来の自分』と対峙した事で過ったからか。桃華の手は無意識に腹部へと向かうと、宿っていたはずの命を慈しむように撫でる仕草をする。それだけでなく瞳からは涙が溢れ、雫となって次々と流れ落ちていく。すると桃華のそれらの様子から、かつて自分が犯した罪を思い出した事を察知。その上でまだ告げたい事があったのだろう。桃華を見つめながら続けた。

「思い出せたみたいね？　妊娠して、お腹の子をどうするかを悩んでいた事。そして何をしようとしていたのかを。」

「はい…。」

「あの後、私は外階段で倒れ込むという形で命を消したんだと思う。彼はもちろん、母や私の事を可愛がってくれたお客さん達にも言えなかったから。でも後悔というのが強すぎたみたいね。何となく『命を消した。』っていう記憶は残っているけど、その後はどう過ごしたかはよく覚えていないの。」

「…。」

「でも…記憶があってもなくても、強すぎた後悔のせいかな。いつの頃か、ふと我に返ったらこの場所にいたの。どういう場所なのかは最初分かってなかったけどね。すぐに子供しかいない場所だって気付いた。それだけじゃなくて子供達の中に自分の子もいるって事に。そして気付いてすぐだったかな。あなたもこの世界に辿り着いた。今の私よりも若い頃の、ちょうど自分のお腹に新しい命が宿っている事が分かったぐらいの時期の私が。『まだ、あの子を取り戻せるチャンスがある。』っていうのを示してくるみたいにね。だから私は動こうと密かに決めていたの。今度は好きな人との間に出来た子…桜を死なせない為に。」

「っ。そう、だったんですね…。」

一緒に過ごしていく内に桜という少女が、自分と深い関わりを持っている可能性のある子だとは思っていた。他の子供達よりも圧倒的に自分に懐いていたからだ。だが、ただ単に『この世界で一番最初に出会った子だから。』としか思わず、その理由について深く知ろうとは考えなかった。そして桜やこの世界に対し疑問を持ちながらも過ごしていく内に、4人の子供が鬼や悪魔のような存在に変わってしまう出来事が発生。危機的状況に変わってしまった事に動揺しながらも受け取った力を使って子供達を癒したからだろう。4人が我に返った事で状況は徐々に、だが確実に沈静化した。更に癒す為に桃華が正面から向き合った事が功を奏したらしい。ようやく4人も桃華を受け入れ、比例するように桜の体調も良くなっていったからか。この世界の状態も安定していった事を感じ取った桃華は記憶を失っている不快感を覚え続けながらも、確かに胸を撫で下ろしていたのだ。だが、『未来の自分』が口にしてきた言葉により、桃華は改めて自覚させられる事になる。桜が自分の娘だというのに、その命を消させてしまった事。その罪と向き合わなければならない事を…。

そんな話をしていた時だった。2人の桃華の傍に桜が姿を現したのは。すると直前のやり取りの内容が内容だった事。何より見た目こそ年齢による差があっても、桜にとって桃華は親にあたるのだ。それを知ってしまった桃華は桜に気付きながらも声を発する事が出来ない。ただ視線を巡らせるばかりだ。そして『未来の桃華』も似た心境だったようだ。その証拠に彼女は気まずそうに目線を落とすのだった。

だが、声を発する事すら出来ないほどに動揺してしまう2人の桃華に対し、桜の様子はいつもと変わらない。むしろ普段と変わらず愛らしい微笑みを向けてくるからか。自分達の会話や様子の変化に気付いていないと思った桃華は胸を撫で下ろす。だが、やはり自分達の会話等は聞かれていただけでなく、その内容についても知られていたらしい。その事を物語るように桜は告げた。

「…知ってたよ。私があなたの娘だって事。」

「桜…。」

「そして今のあなたぐらいの時にお腹の中で死んじゃって…生まれなかった事もね。」

「…っ。」

桜の言葉に自分達の話が既に聞かれていたばかりか、犯していた罪についても知られていた事に改めて気が付いてしまったからだろう。2人の桃華は固まってしまう。

それでも当の桜の表情は意外にも暗くない。むしろ穏やかなままで続けた。

「…大丈夫だよ。そんなに苦しそうな顔しなくても。私は気にしてないから。」

「っ、けど…！」

「確かに生まれたかったよ？　色んな人に会って、ここ以外の所に行って沢山のものを見たかった。だから死にたくはなかった。けど…分かっていたの。私を生むかをすごく考えていた事。」

「な、んで…。」

「赤ちゃんってね。お腹の中にいる時、お母さんの事が分かるの。お母さんが笑ったり泣いたりしている事。それだけじゃなくて何を言っているかも。…でね。その時の事を今も覚えている。お腹の中で死んじゃった時もお腹の中で聞こえていたんだ。私に何回も謝っている、泣いている声が。」

「…っ。」

「でも、この世界で目が覚めた時には、その事を忘れていたの。自分が『死んじゃった』って事は覚えていたのに。だからお母さんの事、すごく嫌いになったりもした。私が死んじゃった事に辛いって、泣いているって分からなかったから。…でもね。この前のダイチ君達を止めようとしてくれた時、皆のお父さんとお母さんの事が見えて…。そこで思い出したの。私を生むかを本当に迷っていた事。それほどに私の事が大切だっていうのを。だから今はあの時よりも苦しくないよ。」

「桜…。」

「ありがとうね。…お母さん。」

「っ、桜！　ごめ、んね。そして…ありがとう！」

理由があったとはいえ、自分の娘を死なせてしまった。明らかに恨まれてもおかしくない事を行っていたのを自覚し、そんな行為をした自分が許せないと思っていた。だが、殺されたはずの娘は責めなかった事。何より自分の事を母親だと認めてくれた上に感謝の言葉まで口にしてくれたのだ。『未来の桃華』の中に温かいものが芽生え膨らみ始める。そして膨らんでいったものは涙という形になり、次々と桃華の瞳から流れ落ちていく。だが、瞳から流れていっても温かいものが湧くのは止まらず動かす力にもなったらしい。その力に促されるように一気に桜と距離を詰めると包み込むように抱き締める。母親と呼んでくれた事に対する喜びや、優しさと温かさが少しでも伝わる事を願いながら…。

　すると実の母親である『未来の桃華』に抱き締められ、その温もりに癒されたからか。桜は1つ息を漏らす。そして母親から離れると自分達を見つめる桃華へ告げた。

「…ごめんなさい。あなたを知っていたのに、自分の事何も言わなくて。」

「そんな事…。私の方こそ、あなたの事を気付けなくてごめんなさい。」

「ううん。それは仕方ないよ。だって、あなたはまだ私を生むかどうか悩んでもいない。むしろ私がいる事が分かったくらいでしょう？　なら気付く事が出来なくて当たり前だよ。」

　やはり母子というのは自然と強い繋がりが生まれるのだろう。姿は自分が知っていた頃よりも若かった為に別人にも見えたが、会った瞬間に桃華が自分の母親である事。更には自分が宿っている事が判明した頃だと桜は察した。すると察した事で『相手が後に自分を死なせる母親』であっても、不思議と拒絶の感情は芽生えなかったのだろう。それを示すように詫びてくる桃華を桜は宥める。更に桜は桃華に近付くと告げた。

「…ありがとう。私や皆の事を気にかけてくれて。それだけじゃなくて宿ったばかりの私の事も気にかけてくれて。本当に優しいんだね。」

「さ、くら…。」

「もし、また人に生まれる事があったら…出来ればあなたの所が良い。そうしたら今度こそ呼べるようになるから。…『お母さん』って。」

「っ、桜…。」

自分の事を宥めてくれる少女は言葉と同様に温かい。しかも『未来の桃華』に対してだけではなく、自分にも『お母さん』と呼んでくれたのだ。自分の中にも温かいものが芽生え、『未来の桃華』と同じように涙が溢れてしまう。そして桃華もまた突き動かされるように桜へ手を伸ばした。


だが、『未来の桃華』とは異なり、桜を抱き締めるどころか触れる事すら出来なかった。伸ばした手の指先が異様に強い光を放っているのに気が付いたからだ。そればかりか水に溶けていくように指先から消え始めていた事にも…。

(…っ、これって…!?)

「…怖くないよ。本当の場所に帰っていくだけだから。」

「っ!? 本当の場所、って…!」

「バイバイ。いつかまた…会えると良いね。」

「さ…っ！」

何となくであっても自分が消えそうだと感じてしまったせいか。目を見開いてしまうほどに桃華は動揺する。だが、動揺し続けていても変化は止まらず、むしろ自分でも見えなくなってしまうほどに体が消滅していくのを実感。そして別れだけではなく再会も望む言葉を告げてくる桜に見守られながら、その姿は完全に消えてしまった。


一方の『未来の桃華』は今消えてしまった過去の自分を見送っていた桜を見つめる。だが、桜を見つめている内に『ある事』に気付いたからだろう。自分の胸の中が異様に騒いでしまう。そして胸の中を騒がせるものに突き動かされるように告げた。

「…やっぱり生まれたかったんだね。それなのに、ごめんね。あなたの命を途中で終わらせてしまって。」

「…。」

自身が過去に行ってしまった殺人と変わらない罪。それだけでなく直前まで自分達の前にいた桃華は自身の過去となる存在だった為に、同じ罪を既に犯している可能性が高いのだ。後悔とそれ以上の罪悪感により『未来の桃華』は改めて娘の桜へ謝罪する。もちろん言葉だけでなく、表情も苦痛で歪ませ涙を流し続けながらだ。だが、桜は口元を含め表情全体を緩ませる事で穏やかな表情を浮かべていて。その様子のまま応えた。

「言ったでしょ？　私はちゃんと分かっているから大丈夫って。」

「…。」

「多分、今お腹の中にいる私も分かっていると思う。ううん。もしかしたら今は分かっていないかもしれないけど後で納得出来るようになる。『あの時、死んでしまったのは仕方がない。』って。そして同じ時ぐらいに気付くの。ちゃんと愛されていた事を。だから最後には『悲しい』っていうのよりも『幸せ』って思えるようになるんだ。」

「桜…。」

「それに…これからはお母さんも一緒でしょ？」

「ああ…そうね。」

そう告げる桜の表情は終始穏やかで、何より言葉通り幸せそうに微笑んでいる。しかも彼女の言葉から黄泉へと向かう日が近付いている事を改めて感じるが、その時には一緒に行く事を望んでくれたからか。ようやく母子が共にいられる喜びと幸せを感じる事が出来た『未来の桃華』の瞳からの涙は止まらなかったが、その表情は花が綻んでいるかのような微笑みを浮かべている。そして桜を抱き寄せれば、黄泉へと向かう時が来たようだ。それを示すように母子の体は光り始めたのだった。

桜と『未来の桃華』が母子という繋がりの良さを実感しながら黄泉へと旅立とうとしていた頃。あの世界から場所だけではなく時も異なっている、現世と呼ばれ扱われてもいるであろう所へ桃華は戻っていた。もちろんあの世界にいた時とは異なり傍には誰もいない。1人きりの状態だ。だが、見覚えのある光景により現世へ戻れた事を実感するが、安堵の表情を浮かべる事は出来ない。既に赤ちゃん、あの世界で出会った桜を殺してしまった可能性が高かったからだ。腕や足を中心に傷と痛みを感じていた事で…。

「っ、ごめんね。やっぱり私は…あなたを殺してしまったんだ。ごめん…ごめん、なさい。」

あの世界で目が覚める前の自分は彼との間に命が宿った事に戸惑い激しく動揺してしまった。自分を必死に育ててくれた母と見守ってくれた人達に、いつかは知られ確実に迷惑がかかる事。何より自分1人で育てる事は不可能だと考えていたからだ。それは今も持ち続けているのだが、あの世界での出来事がきっかけだろう。自分の心境が変わっている事を桃華は自覚していた。少なくとも『桜を死なせたくなかった。』と強い後悔が芽生えてしまうぐらいには…。

(でも…未来の私にはその想いが芽生える事がなくて…。だから桜を死なせたんだ。誰にも知らせないようにする為に。本当に私って…ひどいね。)

自分の愚かな行為を思い返してしまった影響か。はたまた数段とはいえ階段から落ちた事で傷にはならなくても頭を打ってしまっていたのか。我に返った今となっても原因は分からないが、強い吐き気を覚えてしまった桃華は口元を押さえる。そして少しでも早く吐き気と妙に激しく波打つ鼓動も落ち着かせる為だろう。自分の手であり無意識の行動でもあったが、上下の動きを繰り返す事で労るように撫で続ける。おかげで僅かではあるが不調だと感じていた症状が治まっていくのを桃華は感じていた。

すると体の不調が解消されていった事で思考も普段に近い状態に戻っていたのか。桃華は『ある事』に気が付く。意識を失う直前と比べても腹部に違和感を覚えていない事にだ。更に階段から落ちた事で痛みだけではなく出血も見られたのだが、ほぼ手足だけだったのだ。それは自分の中に宿る命がまだ失われていない可能性がある事に気付かせるには十分な要因だったのだろう。芽生えたのは戸惑いだけではなく喜びの感情だった。もし今も自身の中に宿り続けているのなら、今度は生む事が出来るのだから…。

（確かに今でも不安がある。生んでも育てられる自信がない事も否定はしない。それでも…それでも今度は桜を殺したくない！）

今でも桜が自分の胎内で生きているかは分からない。だが、あの世界で絶望している未来の自分の姿を目の当たりにした事。何より現世へ戻った今でも自分を母親として慕い、愛らしい笑みを浮かべながら接し続けてくれた桜の姿が過っているのだ。自分の手で桜を殺したくないという想いが時間の経過と共に強まっているのを桃華は認識する。そして強まった想いに促された桃華は立ち上がると非常階段から離れるように歩き始める。芽生えたばかりであっても1つの命である事には変わらない存在を殺そうとした、非道すぎる考えと決別するように力を込めた足取りで…。

そうして桜を生む決意を何とか固められるようになった桃華だったが、想像していた以上に騒がしい日々を送る事になる。まず妊娠状態が続いているかを確かめる為にも産婦人科も入っている総合病院に行ったのだが、そこに書店の馴染みの客がいた上に母が倒れてしまった事を桃華に告げてきたのだ。原因として最近の桃華の様子の変化だという事も含めてだ。更には母だけではなく他の常連客達も気にしていた事も告げられたからか。体調を悪化させてしまった事や、それらに気付けなかった事を知った桃華は再び罪悪感に襲われてしまう。だが、これからの事を考えれば、伝えなくてはいけない事があるのも分かっているからだろう。母に付き添ってくれた常連客に処置室の場所を尋ねると訪問。体調を崩してしまうほど心配させてしまった事に対する謝罪の言葉と共に自分が妊娠している事。それに気付いた時、生むかどうかを悩み続けていたせいで周りが見えなくなってしまっていた事。更には悩みは残っているが、今は生みたいという想いの方が強くなっている事もだ。もちろん病院に来る前の出来事…あの世界については、理解されない可能性が高かった為に話す事は出来ない。それでも桃華の様子から何かがあって決意を固められるようになった事を母は察知。何より最近娘の様子がおかしくなってしまった理由を知る事が出来たからか。桃華の告白に驚いてはいたものの、安堵により表情を柔らかくしていく。そして桃華の決意を受け入れ協力する意志も示してくれた事。後に書店の常連客達も見守ってくれると言ってくれたおかげだろう。桃華は改めて自分の体の中にいる小さな命を生み育てていくという決意を強く固める事が出来たのだった。

こうして母と常連客達に見守られながら自分の中に宿る命を育て続ける桃華。その日々は一見すると穏やかだったが、母を含めて自分の事を見守ってくれる者達に少しでも恩返しをしたかったからだろう。休学になった分、時間も出来た事で書店の店員として立ち続けるようになった。それは桃華にとって将来へ向けての社会勉強の1つという考えもあったようだ。元々、不真面目ではなかったものの、以前よりも更に真剣に立ち続けるようになった。芽生えた命を労わり、大切に温かく育みながら…。

だが、桃華にとっては『充実している』と感じていても、周りの人は思う事があったらしい。特に常連客達は桃華が休学になった原因ともいえる存在…彼女の中に宿る命の父親に対し良い感情を持っていなかったのだろう。正体について既に予想が出来ていた事もあり、母親と共に離れていった彼の居場所を突き止めようと動いていたのだ。見つけられなかった時や心配をさせない為にも、桃華だけではなく彼女の母にも知らせないようにしながらだ。すると桃華と同じ学校に通っていた学生達は休学をきっかけに来店しなくなっていたが、常連客達の年齢層は幅広かった事で人脈も優れていたおかげか。彼の転居先を見つける事に成功。そればかりか「この機会を逃せば二度と会えなくなる。」と言い放ってもいたらしい。その言葉に突き動かされた彼は行動を開始。ある日、自身の母親と共に書店へ来ると、動揺する桃華達を前に頭を下げたのだ。自分達の身勝手な行動についてをだ。そして少しずつ目立ち始めていた桃華のお腹を見ながら続けた。

「ありがとう。俺との子供を守ってくれて。本当に…ありがとう。」

「…ありがとう、ございました。」

「っ。」

店を突然訪ねてきただけではなく、更に謝罪や子供を宿している事に感謝の言葉も口にしてきたのだ。桃華達は動揺し続けてしまう。だが、そんな彼らの様子は言葉通りの想いを持っているのが分かった事。何より彼の顔を見た瞬間、自分の中には彼への好意がまだ存在している事に気付いたのだ。2人からの謝罪の言葉を桃華は受け入れる。そして宿る小さな命を共に育てる事を望んでいると伝えれば、彼は頷いてくれたからだろう。その様子に桃華の母と彼らが来るきっかけを作った常連客達も胸を撫で下ろしたのだった。

そんな出来事から更に数年の時が経過して。ようやく時間の流れが穏やかなものになっていったのを感じながら桃華は過ごしていた。母や常連客達、更に彼とその母親にも見守られながら順調に妊娠期間を終え無事に出産。出産後も皆が子守を交代してくれる等で見守り続けてくれたおかげだろう。当然母として奮闘する事は少なくないが、心身の消耗は緩やかだった。何より密かに願いながらも、妊娠が分かってからは『絶対に叶わない。』と思っていた『彼と子供と共に生きたい。』というものまで成就したのだ。あれから今に至るまでに季節は何周も巡っているのだが、毎日幸せを感じていた。あの世界で『未来の桃華』を通して知ってしまった苦痛とは真逆の日々になっていたのだから…。

（全部、あなた達のおかげね。…ありがとう。）

願いが叶い身も心も満たされている事で、あの世界の夢を見る事はない。それにより『未来の桃華』や彼女の方の子供である桜に会う事は出来なくなってしまったが、彼女達のおかげで今を手に入れた事を桃華は自覚していた。だからこそ一日一回だけで声に出す事もないが、心の中では感謝の言葉を今も呟いていた。『そうすれば伝わるだろう。』という、自己満足としか思えないものであっても…。

そうしてこの日も感謝を示していた桃華だったが、不意に『ある事』に気付く。先ほどまで画用紙にクレヨンを使って何かを描いていた娘の動きが止まっていたのだ。更には満足そうに微笑んでいたかと思うと、その画用紙を筒状に丸めて桃華へと差し出した。

「あげる！」

「…？　良いの？」

「うん。だってお母さんにあげたくて描いてたもん！」

「ありがとう。見て良い？」

笑顔で手渡してくる愛らしい姿に思わずそう尋ねれば娘は頷いてくる。しかも感謝の言葉を口にしながら受け取れば、いつも以上に輝かせた瞳で自分の事を見つめてくる娘がいたのだ。それに突き動かされるように桃華は画用紙を広げた。

だが、娘が描いたものを見て桃華は目を見開いてしまう。娘が必死に描いていたのが自分の似顔絵だったからだ。しかも描かれた似顔絵は笑顔だっただけではなく、『おかあさん、ありがとう』という言葉も添えられていた事。そして受け取った似顔絵を見つめていた桃華にこんな事も告げた。

「…あのね。昨日、夢を見たの。お姉ちゃんが『ずっと生まれたかったんだ。』って言う夢を。でね、こうも言っていたの。『だからお母さんに伝えて欲しいの。「今度は生んでくれてありがとう。愛してくれてありがとう。」って。絶対、伝えてね。』って。だから描きたくなったの。私もお姉ちゃんみたいにお母さんに伝えたいから。『ありがとう。』って。」

「…っ。」

渡してきた似顔絵について聞いてみれば、娘が口にしたのは感謝の言葉だけではない。夢の話もしてくれた。更には出てきた人物の事を娘は『お姉ちゃん』と言っていたが、その内容からあの世界にいた『生まれるはずだった桜』だと気が付いた事。何より桜は桃華が生んでくれた事に対し感謝しているのを改めて知る事が出来たのだ。思わず息を呑んでしまうほどに強い喜びが芽生えてしまうのは当然だった。だが、その姿を娘の前で見せる事が恥ずかしかったからだろう。貰った似顔絵を味わうかのように少し俯いた状態のまま、娘とは僅かに視線を逸らしてしまうのだった。

一方の娘は似顔絵を渡せた事に満足していた為か。桃華の様子の変化にも特に気にする事はない。むしろ似顔絵を描き桃華へ渡すきっかけとなった夢の話の中で、『ある事』も思い出したからか。未だ桃華は目線を合わせる事が出来ていなかったが続けた。

「あとね。夢の中でお姉ちゃんが教えてくれたの。『私と同じ名前を付けたのは、私を生む事が出来なかったから付けたの。』『だからごめんね。同じ名前を付けさせるような事をお母さんにさせちゃって。』『でも、これだけはちゃんと分かってあげて。同じ名前を付けていても、お母さんは私の事だけじゃない。あなたの事もちゃんと大切で、愛してくれているよ。』って。だから『桜』って名前、私好きなんだ。だって『桜』って綺麗なお花の名前だもん。」

「っ、桜…。」

あの世界で『自分で自分の子供を死なせた』という未来を知った。それは別の世界での未来というものになるのだろうが、自分も同じ道を進む可能性が高い事にも気が付いてしまった。だからこそ自分はまだ犯していない罪であっても、その事を忘れない為にも『桜』という同じ名前を付けたのだ。そして…。

「あの子に…『お姉ちゃん』に『桜』って名前を付けたのはお父さんとの思い出があったからなの。まだ結婚する前で、お父さんが色々と辛そうにしていた時期があって。気分転換も兼ねて、一緒に桜を見に行ったの。あなたも行った事がある葵公園に。そうしたらお父さん、すごく嬉しそうに『綺麗だ。』って笑顔で言っていて。それが何だか嬉しくてね。だから『桜』って名前には思い入れがあるんだ。あなたを生んだ私だけじゃなくて、きっと『お姉ちゃん』を生んだ私もね。」

「じゃあ…私もきっと『桜』って名前、もっと好きになれるね。『お姉ちゃん』と同じだし、お母さんやお父さんも好きな名前だもん！」

「桜…！」

「…えへへ。お母さん、ぎゅーってしたいんだね？　良いよ。私もぎゅー、大好きだから。」

　犯す可能性が高かった罪を忘れない為である事も含めて、改めて『桜』という名前の由来について話す桃華。内容が内容だっただけに、視線を合わせる事が出来ないままの状態でだ。だが、母からの告白を受けても娘の表情や声色は終始明るく、愛おしくて堪らないと感じさせるものでもあったからだろう。その感覚に突き動かされるがまま桃華を少し強い力で抱き締めてしまう。それでも娘は抱き締められた事での痛みよりも喜びの方が強くなっていたからか。漏らした声に苦痛の色は全くなく、明るくて愛らしい様子で抱き締め返すのだった。

名前の通り綺麗で愛らしさも感じ、桜の花を連想させる微笑みを浮かべながら――。

雨傘を差した君へ

『もし雨が降らなければ、傘を忘れなければ出会う事は出来なかったのだろうか。けど、いつかは知る事になった気がする。あの時、俺に傘を渡してくれた君の事を—。』

その日は彼…『高遠拓弥《たかとおたくみ》』にとって『ついてない』と感じさせる出来事から始まった。勉学やバイトで多忙な日々の中での休みを満喫していたというのに、姉『麻紀《まき》』からおつかいを言い渡されたのだ。それも麻紀の彼氏である『藤沢誠一《ふじさわせいいち》』へ弁当を届ける、拓弥からすれば『どうでも良い内容』だったのだ。『休日まで動きたくない。』と考えていた為に不快感を覚えてしまうのは仕方ないだろう。そして実際、差し出された弁当に眉間のシワを寄せながら漏らした。

「はぁ？　何で俺が実の姉のとはいえ人の彼氏の弁当を届けなきゃいけねぇんだよ？　別にガキじゃないんだから自分で昼飯ぐらい用意出来るだろ？」

「確かに用意は出来るわよ？　けど、あの人って自分の体よりも人の事を優先させちゃうからさ。多分、忙しさを理由にコンビニのおにぎり2個を買うか、へたしたら昼食を抜いちゃう可能性もあるのよ。そこが警官らしくてカッコイイんだけどね！　前に1回ご飯を食べなさすぎて倒れちゃった事があるから、未来の奥さんとしては心配なの～。だから届けて？」

「…。」

「今から私も仕事に行かなきゃいけないし届けられないの。で、アンタはどうせ暇なんでしょう？　だから散歩感覚で良いから届けてよ。ね？」

「ちっ、分かったよ。届ければ良いんだろ！　届ければ！」

「ありがとう！　舌打ちは余計だけど、やっぱりアンタは可愛い弟だわ〜。お姉ちゃんは嬉しいぞ！」

　麻紀の彼氏・藤沢は３つ隣の町に立つ交番で働く巡査。つまり通報や交番に直接訪ねてきた人達への対応。更に警備として町中を巡回する等、多忙な日々を過ごしている。だが、それほどまでに心身共に酷使する仕事に就いていながらも、麻紀が言っていた通り栄養失調で倒れてしまっていた事。そんな状態になるまで食事を取らなくなるほどに自らを追い込んでしまうような人物だった事も知っていたからだろう。暇な休日とはいえ予定を強引に入れてくる麻紀に表面上は不快感を示すが、舌打ちの後に続いたのは麻紀からの頼み事を承諾する言葉だった。そして不快感を示しながらも自分ですら一方的だと思ってしまう頼み事を聞いてくれる拓弥の、弟の姿がおかしくも可愛く感じたからか。表情を緩ませながら藤沢へ届ける為の手作り弁当を渡すのだった。

　こうして麻紀からの『おつかい』が発端とはいえ、自宅で過ごすという休日の予定を自ら崩してしまった拓弥。しかもこの日は、とことん『ついてない』と感じてしまう事になる。『おつかい』は当初予定していた時間通りに終えたのだが、その帰り道の途中で雨が降り始めてしまったのだ。更に降り始めたのは通り雨ではなく、時間の経過と共に落ちてくる量と勢いが強まっていくという本格的なものだったのだろう。雨宿りの為に閉店して日が経過している小さなタバコ屋の軒下に移動するが一向に止みそうにない。むしろ屋根のある所でも風があったり角度によっては、体の何処でも濡れてしまいそうなほどに強まっていく。それは軒下に移動してからも一向に変わらないばかりか、心なしか悪化しているようにも見えたせいか。思わず呟いた。

「んだよ。天気予報の嘘吐き。このままじゃ帰れねぇじゃねぇかよ！」

　タメ息と共に漏れたのは苛立ちを含んだ声だった。無理もない。今日は藤沢へ弁当を届ける『おつかい』だけを済ませた後、真っ直ぐ家に帰ろうとしていたからだ。度々、肉まんや菓子を買って食べながら帰る為に立ち寄っていた馴染みのコンビニがあったというのにだ。すると買い食いをしなかった事で空腹になってきた事も影響したのだろう。何となくという理由であっても自分で勝手にコンビニに立ち寄らない事を選択したのに、天気予報士に対する文句まで漏らしてしまう、だが、覚えた苛立ちを吐き出したところで雨が止むはずもなくて。一向に止むばかりか弱くもなりそうにない雨を降らせ続ける空を見つめていた。

そんな時だった。自身を見つめてくる気配を感じたのは。それだけでなく顔を上げ気配を辿るように目線を動かせば、道を隔てた向かいの建物の前に少女がいたのだ。ひまわりが花畑のように数多く描かれた水色の傘を差している少女が…。

（っ！　けど、いつの間に…。）

勝手に芽生えさせた苛立ちが想像以上に強かったとはいえ、直前までその存在に全く気付く事が出来なかったせいだろう。拓弥は目を見開き息も呑んでしまうほどに驚いてしまう。すると驚きにより苛立ちが消え始めていき、それを少女も素早く感じ取っていたようだ。拓弥へ視線を向けると見つめ僅かに微笑みも浮かべる。そして道路を横断して近付くとこう声をかけてきた。

「こんにちは。…お困りのようですね？　傘を忘れちゃって。」

「あ、ああ…。忘れた、っていうよりも最初から持ってこなかったっていうか…。」

「急に降られてしまいましたものね。はい、どうぞ。」

「…は？」

急に話しかけてきた上に自身の傘を差し出してもきたのだ。拓弥は声だけでなく表情でも困惑の色を浮かべてしまう。だが、少女は気にしていないらしい。傘を差し出した状態のままこう続けてきたのだから…。

「少しでも早く帰りたいのでしょう？　なら使って下さい。」

「確かに帰りたい、とは思う。けど…良いのか？　まだ止みそうにないのに俺が使って。帰る時に困るんじゃないのか？」

「気遣ってくれてありがとうございます。でも、心配しなくても大丈夫です。待ち合わせをしていて、その人がもうすぐこちらに来ると思うので。だから、どうぞ？」

「あ、ああ…。そういう事なら使わせて貰う。えっと…。」

「ん？　ああ、私の名前？『小町《こまち》』よ。…じゃあ、またね。」

「ああ！　ありがとう、小町さん。」

その仕草から自ら『小町』と名乗ってきた少女が、自分へ傘を貸そうとしていた事に気付いたからか。拓弥は戸惑いを強める。それでも小町は傘を差し出し続けてきた事。何より懐っこさを感じさせる微笑みを向け続けていたのだ。雨が未だ止みそうにない状況も相まって拓弥は促されるように小町から傘を受け取ったのだった。

こうして小町が傘を貸してくれたおかげだろう。途中で雨に降られた分は時間がかかったものの、それ以降の拓弥は順調に帰宅する事が出来た。するとそれだけの事であっても気分は十分に浮上したらしい。その日は雨に降られた時とは真逆で軽やかな気分で過ごす事が出来た。むしろ小町が貸してくれたひまわり畑を思わせる模様の傘が、不思議と雨上がり特有の爽やかで軽やかな気分にもさせてくれたからか。夜に帰宅した麻紀から藤沢との惚気を聞かされたりしていたが、いつもよりも不機嫌にならずに耳を傾ける事も出来た。そして拓弥の変化や見慣れない傘が玄関脇にある事にも麻紀は気が付いていたが、自身は藤沢との事を少しでも多く語りたくて。結局、拓弥の心境の変化や傘について尋ねる事はしなかった。

だが、一夜が明け思考が冷静さを取り戻した事で、拓弥の中に悩みが生まれてしまう。昨日借りたあの傘を返せない可能性が高い事に気が付いてしまったからだ。名前以外では彼女について、住んでいる場所も含め何も知らなかったのだから…。

(見た目は俺と同じぐらいだったから歳も変わらないはず。けど、校内で見た事ないし。それに制服も知らないんだよな。）

彼女が自ら名乗ったのは小町という名前だけで名字も口にしなかった。何より彼女は制服を着ていたのだが、それが自分の通っている所だけではない。周辺の学校のとも当てはまらないデザインをしていた事にも気付いてしまったのだ。頭を抱えてしまうのは無理もないだろう。それでも現役の学生でもある為に学業以外の事ばかりを集中して考えるわけにはいかないのも自覚していたからだろう。日中は特に傘の事を考えないようにして過ごそうと密かに決意するのだった。

そんな拓弥だったが、やはり傘の事を気にしながら過ごしてしまうようになる。人から借りた物を自分の物のように所有し続けたいとは思えない性格だからだ。だが、傘を返すには持ち主である小町に会わなくてはならないのに会えないどころか、その正体ですら未だ知る事が出来ていないのだ。時間だけは無情に過ぎていってしまう。それでも一度決めた事は行動が遅くなったりしても達成させようとする性格でもあったのだ。小町を特定出来ないと気が付いて数日後には、『彼女と出会った所を訪ねる』という基本的な方法へと変える事を決める。そして翌日は学校が休みだった事。更に再び姉の麻紀から藤沢へ弁当を届けるという、定番の『おつかい』を頼まれたのだ。あの日と同じような展開に思わず苦笑いを浮かべつつも、拓弥は家を出ていった。

だが、基本的な方法も失敗する可能性が高い事に気が付いてしまう。小町と出会った場所…廃業したタバコ屋が立っているはずの所に何も存在していない事が分かったのだ。麻紀からの『おつかい』がない時も、更には学校が終わった後にも何度か立ち寄って確かめたというのにだ。むしろ訪問し続けた事で改めて気が付いたのだが、小町と出会った時と異なる状況というのは廃業したタバコ屋の建物がないだけではない。周辺にあるのは空き家や取り壊された建物の跡地ばかり。寂しいとしか感じない場所だったのだから…。

（そもそも…何で俺はあの日、ここを通ったんだっけ？　…ああ、そうだ。あの日、すぐに帰りたくなって…。いつもより距離と時間がかからない道を考えていて歩いていたんだっけ。）

寂しくて虚しい光景を目の当たりにした事で動揺してしまう拓弥。それでも小町と出会った日の事を思い出そうとすれば、何とか過らせる事が出来たからだろう。密かに安堵する。だが、思い出せたからといって何らかの変化が起きるわけがない。ただ寂しい光景だけが広がっていた。

こうして『傘を返す』という事ばかりか、小町との再会自体も非常に困難だと実感しながら過ごすようになって1ヶ月が経過した頃だろうか。麻紀にこんな事を言われたのは…。

「アンタ、あの傘っていつ何処で手に入れたのよ？　あの『ひまわり畑』って結構、古いデザインのヤツなんだけど。」

「いや、人から借りたんだけど…。っていうか、その…『ひまわり畑』？　って、あの傘の名前なのか？　そんなに古いヤツなんだ？」

「らしいわ。…といっても、私も傘立てに見慣れない物があって気になったから撮影して。それをバイトの休憩中に同じシフトの子に見せてみたの。何となく『話のネタになりそうだな。』って思って。そうしたら、その子ってデザイナー志望だったんだけど知識として色々なデザインの物を見ていたらしいの。スランプ脱出の為に。…で、見ていた物の中にこのデザインを使った品がいくつもあったらしいの。『ひまわり畑』っていうシリーズ名を付けられていたんだって。ちなみに、その子の話によると

20年前までは使われていたんだけど、今は廃版になっているみたい。そもそもメーカーっていうか、ブランドも潰れているそうよ。」

「20年、前…。」

「そう。だから気になったの。『20年も前の物をいつの間に、何処でどう手に入れたんだろう?』って。しかも、バイトの子の話を聞いて改めてあの傘を見たら、不思議な事にも気付いたの。色落ちしてなくて、形もほとんど崩れていない。新品みたいに綺麗な事に。だから時間がある時に聞いてみようって思って…。って、どうしたの?何か顔色悪くなっているみたいだけど。」

「っ、何でもない。大丈夫だ。」

麻紀からの話に耳を傾けていく内に傘について詳しく知ってしまった事。それは小町と名乗った少女が見た目よりも年齢が圧倒的に高い、異様な人物に思えたからだろう。全く劣化していない傘と相まって拓弥は気味の悪さと共に恐怖を感じてしまう。その感情は麻紀に気付かれ、直接指摘されてしまうほどに悪くなってしまう。だが、的確に指摘される事が、自分の中に芽生えている恐怖を見抜かれている事を意味していて。それが恥ずかしくも感じてしまったせいか。恐怖等の感情を隠すように拓弥は振る舞うのだった。

それから更に1ヶ月以上が経過して。麻紀からの話で小町という少女に対し恐怖を湧かせ、自然と再会する為の行動を以前よりも積極的にしなくなってしまったせいだろう。未だ少女との再会を果たせずにいた。『ひまわり畑』と呼ばれていたデザインのあの傘も傘立てに存在したままだ。だが、小町という少女の異様さに気付き恐怖を覚えても、その頭の中には『傘を返したい。』という想いが僅かでも残り続けていた事。それは度々、彼が学業に取り組めなくなるほどに思考を奪ってしまっていたらしい。その事を物語るように課題もまともに行えず、各科目の担当講師達から理由を問われるようになる。だが、自分でも『有り得ない内容』になりそうな話である事を自覚しているからか。説明らしい説明を行わなかった事で、講師達から注意される頻度は増加。それに比例するように元々極端に悪いわけではなかったはずの成績も、下位の方から数えてみた方が早くなってしまうほどに悪化してしまうのだった。

だが、その状況もようやく変えられそうだ。あの時から1つの季節が過ぎようとした、ある雨の日に麻紀より『おつかい』を頼まれたのだ。しかもその日は小町と出会った時とは異なり朝から雨が降っていた日だったのだが、不意に『彼女と会えそうな気がする。』という感覚が芽生えていた事に気が付いたからだろう。自分が差すのとは別にあの傘も持っていく事にした。もっとも確実に小町との再会が叶うという保証がない事、それだけではなく小町に対し恐怖も覚え続けているのだ。再会の予感から目を閉じる事で逃げれば良いのかもしれないが…。

（…いや、駄目だ。『ちゃんと傘を返す』と決めたんだ。だから動かないと！）

傘を借りてから日が経過してしまった上に、その間に聞いてしまった話の影響からか。小町との再会の予感がしても行動の意欲が極端に弱まっている事に拓弥は気付いていた。それでも頭を振る事で思考を切り替えると、藤沢へと渡す弁当と自分が差す傘。更に小町へ返す傘も持つと家を出ていく。『今度こそ傘を返したいから会いたい。』『生きている人物ではないかもしれない相手だから会いたくない。』という2つの感情を持ち合わせながら…。

そして拓弥の中に湧いた予感というものは形となって現れる事になる。『おつかい』を無事に終え歩いていた拓弥の前に、気付けば『あの時』の光景が広がっていたのだ。『小町』と名乗ってきた異様な人物と出会った時の光景が…。

（っ、やっぱり…今とは違う時代の世界、ってヤツなのか。って事は、彼女も…。）

　本来ならば廃業して年数が経過していた事で既に更地になっているはずの場所に、まだタバコ屋の建物が残っている。しかも今ならばタバコ屋と同様に更地にされたり、廃屋になりながらも辛うじて立っていたはずの他の住居や古いアパート等も綺麗な状態で佇んだままでいるのだ。それは明らかに自分が生きている世界とは異なる時代の光景であり、同時にそこで出会った小町が益々異様な存在だと理解させられてしまったせいか。有り得ない光景を前に恐怖が強まり動けなくなってしまう拓弥。だが、その目がタバコ屋の軒下に立つ小町の姿を捕らえると、そちらの方へと足が動こうとしている事にも気が付いてしまったからだろう。恐怖と動揺は最高潮に達しそうになっていたが、結局何かに操られているような感覚に従うがまま小町の方へと向かっていった。

　一方の小町は表情と動きが合っていない拓弥の姿を目の当たりにしても特に動じない。むしろ穏やかな表情を浮かべたまま告げた。

「こんにちは。元気にしてましたか？」

「っ、はい。元気？　でした。その…小町さんの方も元気そう、ですね。」

「ええ、おかげ様で。気遣ってくれてありがとうございます。」

初めて会った時と変わらない様子で話しかけたが、拓弥の態度が明らかにおかしい事。それが自分に対し違和感を持つようになっている事が理由だと察したからか。恐怖を感じながらも自分の言葉に応えてくれた事で更に表情を緩める。そして拓弥が手にしている物…以前貸した傘を見て彼が自分に近付こうとした理由も分かったのだろう。緩めた表情で続けた。

「傘を返す為に『こちら側』へ入ってきてくれたんですね？　ありがとうございます。…大変でしたよね？『こちら側』に、時代が違う場所に入るって事は。」

「『こちら側』で時代が違う、って…。」

「ええ。あなたが今いるのは本来の時代とは違う所になるんです。私も含めて。もう何となくでも気が付いてはいたと思いますが。私が既に死んでいるという事も。」

「っ、やっぱり…。じゃあ、何で…。」

「『じゃあ、何で今ここにいるんですか。』…って事でしょう？『自分を呪う為か。』とか思っていたりもするんでしょうか？　…心配しなくても良いですよ。あなたを呪い殺すような事はしません。私はただ話をしたかっただけなので。」

「話って…。」

「あなたに貸した傘の事です。私が最期に持っていた物だったので思い出があって。良ければ聞いてくれませんか？　話が終わった頃には、この雨も止みますし。あなたも元の世界へ帰れると思いますので。どうですか？」

「あ、ああ…。それなら良い、と思います。というか、俺もこの傘について聞きたかったんで。その…姉さんから聞いたら、古い物だって教えてくれて。けど、そんな古い物でも何となく大切な物なんだって気付いたから。だから知りたいです。」

小町からの言葉でやはり彼女自身は既に亡くなっている事。更には自分が今いるこの場所自体が過去の世界のものだと拓弥は改めて知ってしまった。だが、恐怖も強まっていったが、それ以上に傘の事を知りたいとも思ったからか。小町が告げてきた事を受け入れるように頷いた。

そして小町は語り始めた。この傘が小学生の時に買って貰った物だという事。まるで自分がひまわり畑の中にいるような感覚にさせる模様が気に入り、手入れをしながら高校生になってからも持ち歩いて使い続けていた事。そして…。

「あの日も…死ぬ直前にも使っていました。正確に言えばここで雨宿りをしていたから持っていただけ、ですけど。…好きな人と一緒に帰りたかったから。」

「…っ。」

表情だけでなく穏やかな声色で話し続ける少女。だが、一見すると穏やかであっても、その内容は自分の死の直前の事であるからだろう。拓弥は息を呑んでしまう。それでも小町が話を止める気はないようだ。現に表情を変えないまま更に続けた。

「あの日、『彼』をここで待っていたけど車にひかれてしまって…私は死にました。でも想いは残ってしまったんでしょうね。時々ここへ繋がってしまうようになってしまったんです。命日と呼ばれる日が近いと特に。それだけ『彼』への想いが強いという事なんでしょうけど、自分が死んでしまっていた事も最初は分かりませんでした。」

「小町さん…。」

「でも何度もここに繋がるようになって、ようやく気付く事が出来たのです。私がもう死んでいる事を。そして…何度目かの時にあなたがここに入ってきたのを見て、その時に気付きました。あなたが『彼』と関わりがある事に。」

「関わりがある、って…。俺の知り合いって事、ですか?」

「はい。だから声をかけて傘も貸したのです。あなたに近付く為に、関わる為に。偶然の出会いというものではなかったのですよ。」

「そう、ですか。えっと…それで一体誰の事ですか？」

小町が続けてきた話は自身が亡くなった時の事だったせいか。自分の事ではないというのに胸が締め付けられるような痛みと苦しみを感じてしまった拓弥は表情を歪めてしまう。だが、小町が続けて口にした事…『自分と関わりがある人物』について気になってしまったからだろう。動揺は残しつつも小町の言う人物の正体を改めて尋ねるのだった。


その出来事から1週間後。先週と同じく学校が休みだった拓弥はある場所へ来ていた。小町が話していた事が事実なのかを確かめる為だ。『ある人物』が小町と関わりがあるかを確かめる為に…。

「今日はすみません。『訪ねたい』って事を急に言い出したりして。そしてわざわざ時間を作ってくれて、受け入れてくれてありがとうございます。…藤沢さん。」

「いや、こちらこそいつも弁当を届けてくれてありがとう。それに気にしなくて良いよ。今日は元々、非番だったから。」

「…。」

一方的に訪ねたい旨を告げたというのに『ある人物』…藤沢は特に不快感を示さず受け入れてくれた。そればかりかいつもの『おつかい』に対して感謝の言葉まで口にしてくれたのだ。拓弥は喜びにより胸の中が温かいものに包まれていくのを自覚する。もっとも大好きな恋人で婚約者と2人きりで過ごそうと考えていたのに、実の弟であっても『第3者が上がり込んできた』と考えていたのか。終始無言な状態でありながら麻紀の機嫌は悪くなっていったが。

そんな麻紀の姿が目に入る事もあり、なかなか本題を切り出す事が出来なかった拓弥。だが、いつまでも告げないわけにはいかない事も分かっていたからだろう。1つ息を吐き意を決すると、こう切り出した。

「今日、藤沢さんに会いにきたのは『ある人』の事を聞きたかったからです。2ヶ月ぐらい前に出会った『ある人』について。」

「2ヶ月ぐらい前って…。君が僕に弁当を届けてくれた日、だよね？　…ああ、思い出した。君が出て少し経ってから雨が降り始めた日だったね。それも予想よりも結構な降りになってしまって…。君に『申し訳ないな。』って思っていたんだ。今まで忘れていてごめんね。」

「あ、いや…。そこは気にしないで下さい。天気なんて藤沢さんどころか誰が悪いわけじゃありませんから。というか、俺もあの日は最初出かける予定じゃなかったし…。」

「…悪かったわね？　出かける理由を作っちゃって。」

「…っ、とにかく！　その事は本当に気にしないで下さい。」

「うん…ありがとう。」

　あの日の事を話し始める拓弥だったが、流れとはいえあの日外出するつもりがなかった事を口にしてしまったせいか。麻紀から言葉だけではなく圧力を感じてしまい、一瞬体を強張らせてしまう。それでも謝罪を受け取りながら特に気にしていない事を告げれば藤沢は微笑んでくれた事。更に麻紀からの圧も心なしか少し弱まっていたからだろう。拓弥は密かに胸を撫で下ろした。

　そして安堵の息を1つ漏らすと続けた。

「えっと、それで…あの日、弁当を届け終わって帰る途中で雨に降られたじゃないですか。でも傘を持っていなかったんで、何処かで雨宿りしようと考えたんです。そうしたら藤沢さんの勤めている交番近くに潰れたタバコ屋があるのに気付いて。そこの軒下でしばらく過ごしてました。」

「え…。あの辺のタバコ屋、って…。」

「その時に1人の女の子が雨宿りしている俺に気付いて。この傘を貸してくれました。…見覚えありませんか？」

「拓弥君、君は一体何処の話を…っ!?」

自身が勤務している交番近くのタバコ屋が随分前に潰れていた事を当然知っていた藤沢。それらもあって話を続けている拓弥を止める為に声をかけようとした。だが、結局はその言葉達を藤沢が発する事は出来なかった。拓弥がビニール袋から取り出したのが見覚えのある、正しく言えば幼馴染で大切な人が愛用していた傘だったのだから…。

「っ。何で、君がこれを…。」

「今、話したように彼女が…『小町』さんと名乗った女の子が貸してくれたからです。正しい名前は『町田小夜子《まちださよこ》』で、『小町』は友達から付けられたあだ名らしいですけど。…やっぱり藤沢さん、覚えているんですね。『小町』さんの事を。」

「あ、ああぁ…！」

「誠君《せい》…？　どうしたの？　誠君！」

取り出した傘を見せた瞬間、藤沢は両手で頭を抱え断末魔のような声を上げたからだろう。その反応に拓弥は小町について知っている事を悟る。そして麻紀も愛する人の様子がおかしくなった事で声をかけるが、それは耳に届いていないようだ。その事を表すように悲しみと苦しみの色が濃くなった雄叫びを上げていたのだった。

藤沢にとって深すぎる悲しい出来事は今から20年以上も前の事だ。当時の藤沢は高校生だったが、特に警官になる事を夢見ていたわけではなかった。夢中になっていた事は所属するサッカー部の活動。警官へと進むには相当に必要となるであろう勉学はその傍らという少年だった。そして毎日が忙しいのを理由に卒業後の進路の事を何も考えないどころか、就きたい職業についても特に考えない。つまり今しか見ようとしない。ある意味、寂しいとも表現されるであろう少年だった。

だが、そんな考えが変わる出来事が起きた。高校2年生になってすぐ小学生の時から仲が良く、そして大切な人であった『町村小夜子』が亡くなってしまったのだ。それも車にひかれるという交通事故死、いわば突然訪れた死というものだった。すると小夜子の死を聞かされてからだろう。藤沢は他の同級生達よりも苦痛の様子で過ごすようになってしまう。自身が小夜子が交通事故に遭うきっかけのようなものを作ってしまったから……。

（俺のせいだ……。俺が『先に帰ってろよ。』って、ちゃんと言っておけば……！）

幼馴染同士であるだけでなく、小夜子に対する好意も自覚していた藤沢。更に小夜子の方も藤沢へ度々好意を口にしてくれた事で、自然とほぼ恋人の関係に発展していた。休日に会い、部活がない時には一緒に下校もするようになっていた。それは雨により部活は短縮されていたあの日も含まれていて、最初は一緒に帰るつもりでいた。だが、部活が中断された事を口実に同じサッカー部の仲間から遊びに誘われ、そちらを優先させてしまったのだ。更に小夜子とは元々、教室のフロアも異なるクラスだった事で会う機会が少なかったせいだろう。彼女に1人での帰宅を促す事も出来なかったのだ。その結果、彼女は藤沢とよく待ち合わせ場所に使っていたタバコ屋の軒下で待機し事故に遭遇。しかも相手は飲酒運転による暴走車両で容赦なく小夜子をひき、十数年の短い生涯を終わらせてしまったのだ。つまり誰が聞いても藤沢は悪くなかった。

それでも藤沢は自責の念に駆られていた。『自分が僅かでも動けば状況が変わっていたかもしれない。』という考えによる強い後悔に襲われ続けていたのだ。その後悔は月日が経っても弱くはならず、むしろ強く色濃くなっていく。すると後悔は藤沢の思考も変えていったようだ。それを表すように自分の大切で好きだった幼馴染の死が飲酒運転だという事を知ると、少しでも防ぐ方法を考えるようになる。そして小夜子のような存在を1人でも減らすべく、皆を守れる存在として警官になる事を決意。今まで部活動のように熱を入れていなかった勉学に打ち込むようになったのだ。その努力は少しずつではあったが確かに表れていき、予定通りに警察学校へと進学。それも無事に終えると研修等も経て正式な警察官へと就任出来たのだった。

こうして無事に警察官へとなれた藤沢だったが、その後も決して充実した日々だけを過ごせたわけではない。いくら強い決意を持っていても、藤沢はあくまで多数いる警官達の中の1人なのだ。交通事故がなくなる事を望み防ぐ手段を考えていても成就し難いのは明らかだ。現に派出所や周辺の警備を強化していても交通事故は一向に減らない。むしろ巡回警備の合間を狙っているかと感じてしまうほど交通事故は発生。中には死者が出るものも起きていた。その日々は藤沢の精神を相当に、そして確実に消耗させていったのだろう。実際、不眠症に陥り食事もまともに取れなくなってしまう。だが、精神を消耗していて警官になってから使命感は日々強くなっていたからか。心身の消耗により不調が起きていても、体は勝手に警官の任務を果たそうとするように動き続ける。その状態は仕事終わりに立ち寄った居酒屋で店員として働いていた麻紀と出会い、介抱された事がきっかけで交際が始まっても変わる事はなかった。

だが、麻紀との交際が始まった頃だろうか。苦痛を感じてしまう時間が少なくなったのは。むしろ小夜子の事が過る時間ですら少なくなっていったのにも藤沢は気が付く。学生時代はもちろんの事、警官になってからも1日数回は思い出していた。更には夢の中にも出てきていたほどだというのにだ。だが、その変化が『良くない』と思っても、それ以上に私生活が充実し、体調も安定していった事を実感。それを『仕事に集中し易くなる良い傾向』だと考えるようになってしまったからだろう。いつの間にか小夜子の事を思い出さなくなったという変化を気にしなくなってしまった。

だが、その変化はやはり良くないものだとされていたのだろうか。それを示すように小夜子の存在が近付いてきたのだ。しかも自分へと直接ではなく、麻紀の弟である拓弥を通した形でだ。その方向は藤沢にとって当然予想だにしていないもので、更に気配だけとはいえ『近付いてきた』というのは僅かな感覚であっても心身を強く揺さぶらせる力になってしまっていたらしい。拓弥から話をされただけだというのに藤沢は激しく動揺し、倒れて意識を失ってしまうほどに心身を一気に消耗してしまうのだった。

そんな出来事から5日が経過して。拓弥は学生らしく学業を中心に日々を忙しく過ごしていた。だが、表面上は普段通り過ごしていても、その胸の中は穏やかな状態とは決して言えなかった。あの日…藤沢の所へ行って以来、姉の麻紀は苛立った様子で浮かべる表情も険しい。明らかに機嫌が良くなかったのだ。すると自身の事に触れようとせず過ごしていた拓弥の姿に苛立ちは強まり爆発してしまったのだろう。帰宅した拓弥の頬を1発叩くと、こう言い放ったのだから…。

「っ、何を…！」

「アンタのせいよ！　アンタが、アンタがあの傘を持ってきてから！　彼は…彼は！」

「何の話…。」

「アンタがあの傘を見せて倒れてから！　あの後目を覚まさなくなって…。夜にようやく目を覚ましたけど、私を見なくなってしまった…。仕事にも行けなくなったのよ！　全部アンタのせいよ！」

「姉さん…。」

「そもそも借りた傘を未だに持っているとか！　何ですぐに返さなかったのよ！　未練がましい！」

「いや、相手が『彼から渡して欲しい。』って言ってきたから藤沢さんに渡そうとしただけで…。というか、未練がましいなら藤沢さんの方が…。」

「うるさい、うるさい！　アンタのせいよ！　アンタが一番悪いのよ！　アンタのせいで彼は…彼は…！」

愛する人の様子が変わってしまった事に動揺は一向に静まらない。更に状況等からその原因が拓弥にあると察してしまったからか。動揺と共に湧いた苛立ちが強まっていく麻紀は、それを吐き出すように声を荒げ続ける。そして一通り吐き出しても気持ちの整理が付けられなかったせいか。麻紀は足音を大きく立てながら自室へと入ってしまい、拓弥も不満そうに自分の部屋へと向かうのだった。

だが、それもようやく変わりそうだ。荒々しい声と態度をぶつけられた翌日、その相手である麻紀から藤沢の所へ向かう事を頼まれたのだ。拓弥に話がある事を理由に……。

「話って…何の？」

「知らないわよ。私じゃなくてアンタに、って言われただけだから。」

「姉さん…。」

「じゃあ、伝えたから。」

前日に激しい怒りを一方的にぶつけてしまった後ろめたさがあるからか。はたまた拓弥だけが呼び出された事に不満を持ってしまったからか。急に呼び出された事に困惑していても麻紀の表情は浮かない。むしろ藤沢からの伝言を口にすれば用が済んだと言わんばかりに背を向け離れていってしまう。その後ろ姿に拓弥はしばらく固まってしまったが、藤沢の様子が心配だったからだろう。特に日付も指定されず更に自分自身の予定もなかった事もあり、この日の内に藤沢を訪ねる事にした。

こうして藤沢の所へ訪ねる事にした拓弥。だが、訪ねた事で拓弥は動揺してしまう事になる。最後に会ってから6日しか経過していないというのに、藤沢の顔色は青白く頬もこけている。明らかに体調が良くないと感じさせる状態になっていたからだ。更にはその事に触れようとした際、藤沢から聞かされたのだ。小夜子に会いたいという想いを…。

「会いたい、って…俺に言われても…。確実に会えるのか分かりませんよ？　それに会ってどうするんですか？　もう亡くなっている人なんですよね？　なのに…。」

「…分かっているよ、何となくでも。君が言いたい事は。けど、それでも会いたいんだ。」

「藤沢さん…。」

「せめて君が彼女に会ったっていう場所まで行きたい。そして君にも付き合って欲しいんだ。途中で倒れてしまわないように。…お願い、します。」

そう告げながら頭を下げてくる藤沢の言葉と声色は体調が良くないはずだというのに、どこか力強さを感じさせるもので。不思議と突き動かされる感覚になったからだろう。拓弥は促されるように頷く。そして病み上がりにより僅かに体を揺らしながら歩き始める藤沢の後ろを付いていくように、拓弥も部屋を後にするのだった。

すると藤沢の強い意志が何らかの力を生んだのか。はたまた鍵となるであろう傘を持っていたからか。部屋を出てすぐは空が晴れ渡った状態だったというのに、いつの間にか雲に覆われていたのだ。それだけではなく足を進めれば進めていくほどに雨が降り始め、遂には本降りへとなっていく。そして周りの風景も本来ならば存在しないはずの廃墟等が立っていて。その中には小夜子と出会うきっかけとなった雨宿りをしていた潰れたタバコ屋も存在していたからだろう。拓弥は現実とは異なる時代へと辿り着けた事に安堵すると同時に強い寒気を覚えてしまった。

「っ、本当に…また来れたんだ。って、藤沢さん!?」

また時代を超えてしまった事に動揺する拓弥を忘れてしまったかのようにタバコ屋へと向かっていく藤沢。それも直前よりも不思議と力強さを感じる足取りだったのだ。拓弥が動揺を強めてしまうのは仕方ないだろう。だが、拓弥が呼びかけても藤沢は当然足を止める事はなく、真っ直ぐとタバコ屋の軒下へと入っていった。

そして…。

「お待たせ、小町。」

「もう、本当だよ。待ちくたびれちゃった。」

「っ。」

急激な天候の変化の時と同じように、いつの間にか小夜子は現れていたらしい。だが、続く異常さに拓弥の動揺は止まらなくても、藤沢は当たり前のように小夜子に話しかけていて。その光景は声をかけられなくなってしまうほどに、あまりにも自然すぎるものだったからか。拓弥は息を呑みながらも無言で見つめていた。

だが、そんな拓弥の様子は見えていないのだろう。現に藤沢は小夜子の方を見ながら再び口を開いた。

「…ごめん。僕のせいで君を痛い目に遭わせて…死なせてしまった。本当にごめん。ごめん、なさい。」

「…。」

「あの日…『先に帰って良い。』って言っていれば、遊びの誘いを断っていれば…君を死なせずに済んだ！　なのに…なのに僕は！　それをしなかった！　殺したのと変わらない…変わらないんだよ…。」

小夜子の死に対する罪悪感が本人を前にした事で一気に強くなったせいか。血を吐くように懺悔の言葉を藤沢は発する。小夜子の方は終始無言で見つめているだけだというのにだ。それでも藤沢の謝罪する姿に思う事があったのか。こんな事を言い放った。

「許さないわよ。私を死なせた、あなたの事なんて。」

「小夜子、さん？」

「許せるわけないじゃない。私はあの日、あの時痛い想いをしたのよ？　それなのに遊んでいたあなたの事なんて。許さない、許さないわ。」

「っ、小夜子さん！」

「だから今から『呪い』をかけてあげる。」

「駄目だ！」

今日会った時や先日藤沢について話していた時とは異なり、まとう空気が恐ろしさを感じさせるほどに冷たいものに変わっていた事。何より発する言葉から藤沢の身に危険が及びそうになっている事に気が付いたからか。小夜子の行動を止めようと拓弥は声を発し手を伸ばそうとする。だが、声を発する事は出来ても何故か体が動かなくなってしまい、藤沢を退かせる事も出来ない。拓弥の声が虚しく響いた。

それでも拓弥が心配していた事態にはならなかった。小夜子が藤沢との距離を縮めたかと思うと彼の唇に優しく口付けたのだ。そして柔らかく微笑んだかと思うと、こう告げたのだから…。

「これが私の呪いだよ。…『誠君はこの先も元気で、絶対に幸せになる。』っていうね。」

「…っ。」

「あのね。確かに私は痛くて辛かったよ？　大好きな人と別れる事になったんだもん。当たり前でしょう？　…でもね。気付いたの。私よりも誠君の方が辛いんだって事。その姿を見ていたくないって事に。だから『呪い』っていう『おまじない』をかけたくなったんだ。」

「小夜子…。」

「ありがとう、誠君。大好きだよ。」

「小夜子！」

柔らかく微笑みながら最初『呪い』と語っていた『おまじない』の事を口にする小夜子。すると心が満たされた事で未練がなくなったのだろう。小夜子の体は透け始めていく。それに藤沢だけではなく拓弥も気付いたが彼女が抗う様子はなく、微笑みながらその姿を消してしまった。

「本当にありがとう。傘は私の家にでも返しておいて欲しいな。」

そんな声なき言葉を拓弥と藤沢の頭の中に響かせながら…。


そうして小夜子が消えてから、どれぐらいの時間が経過したのだろうか。実際には数時間どころか30分も経っていないはずだが、時代を超えさせたと思われる存在である小夜子が消えてしまったせいだろう。まるで数十年も時が経過したかのように周囲の風景が様変わりしていた。だが、様変わりしている様子に驚き固まり続けているわけにはいかない。目の前で藤沢が固まっていたからだ。小夜子が直前までいた方向を見つめたまま…。

「…しっかりして下さい。」

「拓弥、君？」

「しっかりして下さいよ！　今を生きている人の事よりも、もう亡くなっている人の方ばかりを考えて。それじゃあ今生きている人は、その家族はどうすれば良いんですか？」

「拓弥君…。」

「確かに大好きな人が死んでしまった事は悲しくて辛いと思います。だけど、だからって！　その人の事だけを考えないようにするとか！　今を生きている人を見ないようにしている事は止めて下さい。あなたを想っている人は彼女だけじゃない。仕事先で出会った人や俺。何より俺の姉さんは、『高遠麻紀』はあなたの事が大好きなんですよ！　だから、だから…。」

「…。」

「それに彼女もあなたの幸せを願って『おまじない』をしてくれたじゃないですか。生き続ける事を望んでくれたじゃないですか。そんな彼女の願いでもあるんですよ？だから、それを叶えてあげて下さい。出来れば俺の姉さんと一緒に。…お願いします。」

「ああ…。そう、だね。」

頭は理解していても大好きな人が目の前で消えてしまった事で、その死をより強く認識させられてしまった藤沢。だが、それに呆然としている状態でも拓弥からの真っ直ぐな言葉は何とか届いたようだ。その事を物語るように瞳には光が戻り始める。そして何かを吐き出すように1つ息を漏らすとこう告げた。

「…今から時間はあるかな？　拓弥君。」

「はい。何ですか？」

「最後に…消える直前に小夜子が言ったんだ。『傘を自分の家に返して欲しい。』って。それを叶えたいと思って。けど、僕だけだと怖気付いて途中で引き返してしまうかもしれない。だから僕に付いてきて欲しいんだ。僕が逃げないよう見張るつもりで。…駄目かな？」

「はい、もちろん。付き合いますよ。」

「ありがとう。」

直前の事があって気まずいと感じているのだろう。拓弥に協力を求めるように呟きながらも迷いを示すように視線を僅かに逸らしている。だが、当の拓弥はこの後も予定がなかった事。何より藤沢の言葉から彼が我に返り、少しでも進もうとしている事を察したからか。快く頷くと藤沢に付いていく形で歩き始めた。

その後、住宅街へと歩いていった2人は『町村』という表札が出ている1軒の家へ到着。チャイムを押すべく手を上げても一歩が踏み出せそうにない藤沢の代わりを拓弥が務めた。そして小夜子の名を出した事で戸惑いながら扉を開けてくれた中年の女性…小夜子の母親に挨拶をし頭を下げれば、彼女は藤沢にすぐに気が付いたのだろう。突然で久し振りに訪ねてきた藤沢の姿に戸惑いながらも招き入れてくれた。

そんな小夜子の母親に傘を差し出すと藤沢は告げたのだ。今日の目的が小夜子の傘を返す事。それを決意する前に実際に小夜子に会い、生きて前へ進むように鼓舞された事を…。

「信じられない話だとは思います。ですが、彼女は…小夜子は確かに願い、それを言ってくれました。僕の幸せを。…そして彼女の言葉もあって決めました。今、付き合っている人がいて、その人にプロポーズをしよう、って。今日は傘を返す事と、その決意を小夜子の母親であるあなたにも報告したくて訪ねました。最近は線香を上げにも来られなかったです。」

「えっと…初めまして。娘さんに傘を貸して貰っていたので訪ねました。お礼と感謝、そして藤沢さんが今交際している人の弟なので。その…すみません。今更、俺について打ち明けてしまって。」

「…。」

藤沢だけではなく見知らぬ少年も訪ねてきた事。更には藤沢の話が到底、信じ切る事が困難な内容であったからだろう。最初は小夜子の母親は困惑した様子だった。だが、話す姿から2人が嘘を吐いていない事を察し、呑み込もうとしてくれているようだ。彼女はこう告げた。

「話は分かりました。その…信じられるかと聞かれてしまうと、すぐに返事をする事は難しいですけど。でも…信じたい、とも思います。あの子は亡くなった後も私達の事を見てくれていたと分かるので。」

「っ、町村さん…。」

「今日はわざわざ来てくれて、ありがとうございました。そして…幸せになって下さいね。」

「はい。ありがとうございます。」

「ありがとうございます。」

言葉から小夜子の母親は未だ困惑していても、浮かべてくれた表情が柔らかいものだったからか。妙に強張らせていた体の力が緩んでいくのを藤沢と拓弥は自覚する。そして安堵により２人はようやく出されたお茶を飲む事が出来たのだった。

それから約10分後、藤沢と拓弥が家から出て行った事で再び室内にいるのは小夜子の母親だけ。いつもと変わらない光景だ。だが、直前まで２人が訪ねてきた事。何より亡き娘との話をしていたからだろう。懐かしさと共に寂しさを自覚してしまう。取り残されているような感覚にさせられている事で…。

「…ああ、家事の途中だったわね。」

不意にそう呟く小夜子の母親。その寂しさを感じさせる声だけが室内へ静かに響き渡った。

その時だった。急に冷たさを感じる風が１つ通り過ぎたのは。そして振り向いた先に『彼女』がいる事に気が付いたのは…。

「っ、小夜子…。」

『…。』

「…ええ、おかえりなさい。」

藤沢の訪問でいつもより小夜子の事が過るようになり、そのせいで見えてしまった幻なのか。はたまた実際に小夜子がいたのか。その正体については誰も分からない。だが、小夜子の母親の瞳には確かに娘が映っていて、自分に対し自宅へ帰ってきた事を伝えてきたのだろう。母親は微笑みながら迎え入れるように言葉を口にする。その様子を『ひまわりの傘』だけが静かに見守っていた。

一方その頃。小夜子の家を後にした拓弥は住宅街を歩いていた。もちろん藤沢と共にだ。だが、先ほどから胸騒ぎを覚えていた。藤沢の様子がおかしくなっていたのに気付いてしまったから…。

「っ、藤沢さん…。藤沢さん！」

「…え？」

「大丈夫、ですか？　顔色、良くないですけど…。」

「…っ。あ、ああ…。あの人…小夜子のお母さんに伝えたい事を話したら気が抜けたんだ。けど大丈夫だよ。」

様子がおかしかった事を指摘するが、当の藤沢は穏やかな声色と表情で返すばかりで、無意識であっても隠しているかのように常と変わらない様子のままだからか。拓弥の中に不満による苛立ちの感情が溜まっていく。そして藤沢を追い抜くように進むと、塞ぐように不意に足を止めて言い放った。

「大丈夫、じゃないですよね？　そんな顔してるのに。」

「拓弥君…？」

「気付かないと思っていたんですか。さっきから…いえ、小夜子さんの家を出て少し経ったぐらいから顔色が良くなくなっていましたよ？　というか、何か考え込んでいますよね？　多分、俺の姉さんの事だと思いますけど。」

「拓弥、君。」

「俺はまだ『大切な存在』が出来た事がない子供だから、言って良いのかも分かりません。けど…今、藤沢さんが大切にしている相手は俺の姉貴なんでしょう？　ずっと一緒に生きていきたいと思う人なんでしょう？　なら、伝えたい事はちゃんと伝えるべきだと思います。姉さんも聞いてくれると思うから。」

「そう、かな？」

「はい。」

「…っ、ありがとう。拓弥君。」

藤沢の様子や小夜子の母親と交わしていた会話等から、彼が考え込んでいたのが麻紀についてである事。しかも彼女との将来の事であるのも何となく察したからだろう。自分なりに言葉を紡ぐ拓弥。すると最初は苛立ちを含んでいても続けられたのは助言のようなもので、それが拓弥らしいと思ってくれたのか。藤沢は驚きながらも受け入れる。そして彼の様子の変化に嬉しくなった拓弥の表情は自然と緩くなっていった。

こうして拓弥から背中を押された事もあり、麻紀へとプロポーズする決意を固められたのだろう。自宅にいるであろう麻紀の所へ藤沢は訪ねてきた。そして部屋の扉の前に行くと藤沢は名前を口にした後こう続けた。

「今までごめん。過去の事を隠していて。なのに…離れようとしなくて。そのせいで苦しめてごめん。ごめん、なさい。」

「…。」

「身勝手でごめん。けど…聞いて欲しい。苦しめてしまう可能性があるのに離れる事が出来ない僕だけど、これからは…いや、これからも君と共に生きていきたいんだ。一生。」

「…っ！」

体調等が心配になり見守っていた拓弥の前で麻紀へと告げる藤沢。扉越しでも伝わるように真っ直ぐとした声でだ。すると扉越しでも彼の言葉は確かに届いたのだろう。現に扉が開いたかと思うとこう答えた。

「身勝手じゃないよ、誠君は。きっと…私の方が身勝手だよ。」

「…麻紀？」

「だって誠君が何かを隠していた事。誠君の中に誰かがいた事に気付いていたのに、それに触れないようにして傍に居続けた。身勝手…ううん、ずるいでしょう？」

「…。」

「今も…本当は触れたくないよ？　でも、ちゃんと聞きたいって思ってもいるの。誠君と一緒に、これから先も生きていきたいから。…駄目、かな？」

「っ。ま、き…！」

そう応える麻紀の様子は瞳に涙を滲ませながらも、嬉しそうに僅かに緩めた表情を浮かべていて。その姿から自分のプロポーズを受け入れてくれたと分かったのだろう。藤沢は包み込むように麻紀を抱き締める。そして彼の背中に腕を回して抱き返す麻紀の姿に拓弥は胸を撫で下ろしたのだった。

あれから更に日は過ぎて。拓弥はふと『あの出来事』を思い出していた。テレビの中で県内にあるひまわり畑の映像が流れていたからだ。自分の姉である麻紀と藤沢が共に生きる決意を固める事が出来た大切な思い出になるのだから…。

（ありがとうな。あの人に『おまじない』をかけてくれて。）

あの傘とは異なりテレビの中に映るひまわりは、どこか嬉しそうに揺れている。まるで傘の持ち主である1人の少女の想いを表すように――。

泡となって消えるまで

『その人はきっと海にいるだろう。大切な者と共に、どれほどの時が過ぎようとも
──。』

その島は離島でありながら、まだ賑やかな場所であった。小さく1軒ずつしかなかったが食堂やアクセサリーショップがあった事。年に1回とはいえ『さんご祭り』という催し物が開催されていた事。何より5人だけとはいえ子供もいて、楽しそうな声がよく響いていたからだ。更にある年には1人の人魚が流れ着き、子供達を中心に島民達と交流を深めて。その話が島の外にも知られたりしたからだろう。翌年から観光客を中心に島を訪ねてくる者達が増えた。特に『さんご祭り』には一度に100人以上も訪れてくるのだ。島民達だけでは対応し切れず、その日だけ人を雇ったりしていた。それほどまでに『寂しい』という印象も少なくない離島の中でも賑やかな場所だった。

そんな1つの離島…『珊瑚島』であったが、あくまで過去の話。今や珊瑚島は何もない場所になっていた。実際、建物も幾度も襲来した台風により少しずつ損壊。その時には既に営業していた食堂や、貝殻等で作ったアクセサリー等を売っていた店は閉店。何より住民もいなかったからだろう。幸いにも人的被害は起きなかった。だが、人の出入りがなくなれば劣化の進みが速くなるのだ。現に一度損壊した屋根の部分から建物の状態は日々悪化。何度目かの台風が去った後には壁ぐらいしか残っていない状態になってしまう。それにより食堂等は面影すら完全に消えてしまった。

更に珊瑚島が『何もない。』と感じるようになってしまったのは人影が減ってしまっていたからだ。一時は人口としては多くなくても休日を中心に子供達が島内を走り回っていて、その声や気配が島中に響いていたおかげだろう。自然と賑やかさを感じる事が出来ていた。だが、全国的に進んでいった少子化は当然、離島にも影響。いつの頃からか子供が1人もいなくなり、珊瑚島の住民達は年齢層が上がってしまう。結果、かつては賑わいも感じられていたはずの珊瑚島はただ波の音だけが広がるだけの場所になってしまった。

こうして寂しくなってしまった珊瑚島に『青島歌帆《あおしまかほ》』はいた。といっても、ここで生まれ育ったわけではない。彼女の育ての親が珊瑚島で生まれ育った人物の孫だった事。その人物が病気で亡くなったのだが、昏睡状態になる直前まで珊瑚島に留まり続けていた祖母の身を案じていたのを見て育ったからか。必然的に気になってしまい、そこに移り住む事にしたのだ。もっとも歌帆は本島の、それも街から来たのだ。島民も少なく店もない珊瑚島というのは、すぐにつまらない場所になってしまったのだが。

そんな歌帆と同じ頃にやって来た者達がいた。『小笠原芽《おがさわらめぐみ》』と『沖野風喜《おきのふうき》』。更に『田代明人《たしろあきと》』と『石垣新《いしがきあらた》』だ。4人も歌帆と同じで珊瑚島生まれではなく本島から来た者達。しかも皆の生まれ育った地域はバラバラで、本来は関わる事もない者達だった。だが、歌帆と同じように家庭に事情があり、家族とは一緒に住めなかった事。何より同じ年頃であったからだろう。似た境遇に置かれている事を皆は互いに対し感じ取る。それは自然と5人の心の距離を縮めさせたようだ。気付けば大半の時間を共に過ごすようになっていた。

すると珊瑚島で過ごす内に精神状態が落ち着き始め、心も年相応の若々しいものになっていったからか。珊瑚島に何もない事に気付く。更には何もない場所で過ごす日々に物足りなさも感じるようになってしまったらしい。それを表すように歌帆は最近、こんな事を口にし始めた。

「あ〜…。今日も特に何もなかったね。」

「ホントだな。」

「『何もないのは平和で、それが一番』…だとも言いますけどね。」

『何もないのも退屈だよね。』

「ああ。」

歌帆の声は独り言としか思えないほどの小さな呟きだったが、彼女の傍にいたからか。はたまた毎日のように聞いている言葉だったからか。同じ思いを持っていた事もあり、歌帆に同調するように4人は応える。そして言葉通り今日も暇そうに歌帆達はかつて住宅が立っていた跡地から帰宅していった。


だが、その状況も変わっていく事になる。というのも、不意に『ある光景』が目に入ったから…。

「あ、また『瑠璃《るり》ばあちゃん』が海を見てる。よく飽きないよね。」

『何か夜も見ているらしいよ？　新君が言ってた。そうだよね？』

「っ！　そうなの？」

　嵐の時以外は基本的に海を眺めている『瑠璃ばあちゃん』の姿が、この日も目に入ったからか。歌帆はただ単に呟いたつもりだった。だが、周囲にいた友人の1人…過去の出来事の影響で声を失ってしまった芽の電子端末に書き記した文字を見たからだろう。歌帆は声を上げるだけでなく、書かれた名前の人物…新の方に顔を向ける。そして歌帆だけでなく他の友人達も自分の方を見てきた為か。新はタメ息を吐いた後に口を開いた。

「…3日前いつもみたいに寝られなかったのと、外の空気が吸いたくなったから出てたんだよ。そうしたら、あんな風にしていたんだ。」

「？　何でだ？」

「知らない。声なんてかけなかったし。ただ…今みたいに海を見ていた。」

「へぇ～。何を見ていたんでしょうか？」

『気になるね。』

　芽が書き記した言葉をきっかけに歌帆が問いかければ、新は自分が見た事について口にした。すると彼の話は皆にとっても気になる内容でもあったらしい。それを物語るように皆は口々に話し始める。そして皆の様子を見ている内に『ある事』を思い付いたように言い放った。

「ねぇ！　どうせなら調べてみようよ！」

「…え、調べるって…。まさか…。」

「そう！『瑠璃ばあちゃん』が何を見ているかをさ！」

「…。」

直前のやり取りもあって、歌帆が何を言い出すか予想はしていた。だが、実際に予想通りの言葉を口にされた事。何より自分達以上に乗っている様子の歌帆を目の当りにしたせいだろう。逆に歌帆以外の４人は冷静になってしまったらしく、彼女を見る様子は冷めた表情や苦笑いを浮かべたものになってしまう。それでも歌帆が気にする様子はなく、高らかな声で続けた。

「私さ、ずっと気になっていたんだよね！『瑠璃ばあちゃん』が何を見ていたのか。…ううん、海を見続けている理由がさ。」

「…。」

「けど、『瑠璃ばあちゃん』って耳が遠かったりして会話なかなか出来ないじゃん？」

「まぁ…そうですけど。」

「だから調べてみよう！　…どうせ暇だし！　ねっ？」

「『ねっ？』って言われてもな…。」

『歌帆ちゃんらしいね。』

　声だけでなく自分達を見つめてくる瞳の輝きからも、歌帆が相当に盛り上がってい
る事を４人は察してしまったからか。呆れた様子になってしまう。だが…。

「…まぁ、けど歌帆の言う事も分からなくはないな。」

「『瑠璃ばあちゃん』が何をしていたか気になるって事ですか？」

『確かに「気にならないか？」って聞かれたら嘘になるよね。』

「ああ。だから俺は乗ろうと思う。歌帆の言う通り暇だしな。」

「…そう、だな。」

『うん！　私も乗った！』

「仕方ないですね。皆さんだけじゃ力不足でしょうし？　僕も協力しますよ。」

「本当!?　皆、ありがとう！」

　４人も『瑠璃ばあちゃん』が海を見つめ続けている理由が知りたかったらしい。一
見すると呆れた様子ではあったが、自然と歌帆と同様に動きたいと考えるようになる。

そして実際にその想いを告げられたからだろう、歌帆の気分は更に高揚していったの

だった。

こうして『瑠璃ばあちゃん』について5人は調べる事にした。だが、やはり彼女の事を調べるのは難しいようだ。情報収集の為に他の島民…10人に尋ねても有力な話を聞く事が出来なかったのだ。それは『瑠璃ばあちゃん』と彼らの間には20年以上も年齢が離れていたせいなのか。はたまた彼女以外は島外から移住してきた者達しかいなかったせいか。そもそも『瑠璃ばあちゃん』について知っている者がいなかったのだ。それにより彼女が海を見つめ続けている事に気付く者はいても、その理由に関しては全く知らなかった。更には『瑠璃ばあちゃん』はやはり耳が遠いのだ。その上、老いにより思考力も低下していたのだろう。かけられた声に反応しても、こう答えるばかりだった。

「この海はね、お友達がいる場所なの。」

「『お友達』って?」

「海のお友達よ。また会いたいな。」

「…。」

答える言葉の意味が分からず困惑してしまう5人。もちろん『瑠璃ばあちゃん』の行動の理由が『お友達』と呼ぶ存在を待っているからだという事は言葉からでも何となくは分かった。だが、その相手については彼女が『海のお友達』としか言わず、どういう者なのかは詳しく話してくれなかったせいか。5人の困惑は強くなるばかりだ。それは『瑠璃ばあちゃんについて知りたい！』という想いを僅かであっても揺るがせてしまうほどだったらしい。特に歌帆の意欲が弱まっているのを他の4人は感じ取る。すると最初に提案した歌帆の変化を目の当たりにし、4人も急激に意欲が失せてしまったのだろう。その証拠に『瑠璃ばあちゃん』の事を調べる為の、聞き取りや観察等を行う頻度は減ってしまう。そればかりか彼女について話題にする事も少なくなっていった。

その状況になってから、10日ぐらいが経過した頃だった。珊瑚島に1人の男…『リッチ・ゴールデン』がやって来たのは。こんな事も口にしながら…。

「私、昔から大きなものや場所を育てるのが好きで！　今までも古い建物とか、山を綺麗にして多くの人がいられる場所に育てたりしていました。で、今回育てたいと思っているのはこの島です。皆さんも『珊瑚島』を一緒に育てましょう！」

名前だけでなく容姿から見てもリッチは異国からきた男らしく身振り手振りが大きい。だが、日本には長年いたと思えるほどに慣れていると思えるぐらいに、言葉遣い等には違和感がない。それればかりか『瑠璃ばあちゃん』の次に年を取っている現島長の年配男性…『高じいちゃん』と歌帆達から呼ばれてもいたりする『高橋《たかはし》』に名刺を渡す動きも滑らかだ。そして声色や向けてくる表情は明るく、好感度も持てるほどのものだったからか。リッチのその姿に5人だけではなく他の島民達にとっても好感を持てたのだろう。それを表すように彼と大差ない笑顔を向けるのだった。

こうして1人の男…リッチと歌帆達は出会ったのだ。すると言葉通り珊瑚島を本気で育てるつもりでいて、その為に島内にかつて様々な施設…温室や食堂等がある事を事前に調べていたようだ。それを表すように島民達の中で若く、その分力強そうに見えたらしい5人にこう告げたのだから…。

「ここには以前、食堂やアクセサリーとかを売っているお店があったんですよね？

それを使いましょう！」

「使いましょう、って言われても…。」

「もう使われなくなって長いぞ？」

「難しい、だろう。色々と。」

前のめりに施設を活用する事を宣言してくるリッチの様子に歌帆達は戸惑いを見せてしまう。かつては存在していた施設等が今ではほぼ修復不可能な状態になっている事を否応なしに知ってしまっているからだ。だが、戸惑う歌帆達に対しリッチは続けた。

「確かに難しいと思います。もう使われていない所を使えるようにするのは。掃除するだけで良いという状態では済まない事も少なくはありませんから。そういう場合は絶対に何かを買い足したり直したりしなくてはいけません。」

「ですよね。」

「けど今この時に、私がいる間にやらなくてはずっと出来ませんよ？　島を育てる事が。」

「そう、でしょうけど…。でも…。」

「そういうのって金が必要なんだろ？　明人はそこが気になってるんだ。まぁ、明人だけじゃないけど。な？」

『そうだね。私達にはそういう相談に乗って、ちゃんと助けてくれる人いないし。難しいよ。』

経済的な理由で主に母親から虐待されていた明人や、口ばかりで母親にまで手を上げていた父親を見て育った風喜。芽は実の父親から声を失ってしまうほどの愛という名目の行為をされ、新はストレスのはけ口としか思えないほどの言葉の暴力を受け家から出てしまっている。そして歌帆は生まれてすぐに施設に預けられ『瑠璃ばあちゃん』の孫に引き取られるまで身内らしい身内がいない。つまり親に恵まれていないどころか、相談出来るような大人が身近にいないのだ。リッチからの提案…『大人に頼らなければならない。』という事が受け入れられないのは仕方ないだろう。だが、当のリッチは5人の戸惑いに気付いていないのか。ただ単に気分が高揚していて皆の様子が見えていなかったのか。5人とは真逆でその様子は明るい。それでも少し経過すると5人が沈んでいるのに気付いた事。更には何となくでも金銭等の心配をしている事も察したらしく、こんな言葉も口にした。

「心配しなくても大丈夫です！　皆さんにお金とかを求めたりはしませんから。」

「？　どうして…。」

「うーん…『人助け』とでも言っておきましょうか。それに私、調べている内にこの島が好きになったんですよ。海がとても綺麗に見えますし。本島ともすぐに人が来られるぐらいに距離が近い。そんな場所はここ珊瑚島ぐらいしかありません。」

「そういうものなのか？」

「ええ。なので、何でも私に言って下さい。人が必要な時や物を買う時のお金の事とかも。私は本島に友達も沢山いるし、お金もちゃんとあります。言えばすぐに揃えられるんです。だから一緒に頑張りましょう？　この珊瑚島を育てる事を！」

「は、はぁ…。」

「そこまで言ってくれるなら。」

「悪くない、と思う。」

「そう、ですね…。よろしく、お願いします。」

　リッチの話から自分達には金銭が発生しない事。そればかりか人手や物品の補給についても協力してくれる事も約束してきたのだ。未だ戸惑いは残しつつも徐々に気持ちに変化が生まれ始める。何よりリッチの言葉で『何もない珊瑚島を変えたい。』という想いは、それぞれの中で密かに存在していたのだ。リッチの勢いもあって最終的には美味しすぎる提案を受け入れる事を決めたのだった。

こうしてリッチが来たのをきっかけに、改めて珊瑚島を再び人が集まり易い場所にする事を決めた歌帆達。すると『リッチ・ゴールデン』という男は自ら口にした通りの人物…言葉だけではなく実際に行動を起こすつもりだったらしい。その証拠に島の施設が立っていた場所へと案内するよう告げてきたのだ。それも既に機能していなかった事もあり再び困惑してしまった5人にこう告げて…。

「確かに表面上は建物も壊れています。ですが、意外と使えそうな板とかもあったりするんですすよ。そういうのを少しでも集めればお金があまりかからないし。何より思い出も引き継ぐ事が出来たりするんですよ。その場所でずっと使われていた物ですからね。」

「なるほど。」

「それに周辺をもっと調べてみたら資料とかも出てくるかもしれませんし。」

『出てくるかな?』

「何もないと思います。」

「ああ。」

「けど、宝探しみたいで良いじゃん！　何か楽しそうだし！　それに時間もあるんだしさ。皆でやろうよ！」

リッチからの話はやはり無謀としか思えないような内容だったせいか。5人は戸惑い続けてしまう。だが、5人の中で一番行動力がある上に、不思議と周囲を突き動かす力も持っている歌帆が声を上げたからだろう。暇だと感じてしまうほどの時間があった事も自覚していた4人も頷き始める。そして困惑しながらも気持ちを切り替えつつ食堂やアクセサリー店の跡地。更には崖の上にある既に閉鎖された温室へも向かった。


だが、やはり時間が経ち過ぎているからだろう。跡地になってしまった食堂やアクセサリー店等だけではなく、温室からも特に何も出てこない。朝早くから空が夕焼け色に染まるまで周辺を歩きながら見回っても店舗付近で見つかった使えそうな資材は十数枚の板だけ。大半は腐ったり割れていたりと再利用出来そうにない資材ばかりだったのだ。そして温室の方も建物の形は保っていたが、壁や天井のガラス等は穴だらけ。室内もホコリや雨水が溜まり、温度調節用の機材もサビだらけで明らかに起動すら出来そうになかったのだ。それらの光景は通えば通うほど『何の収穫もない。』という事実を認識させるものだったせいか、風喜と芽に明人や新の4人だけでなく、歌帆までもやる気が失われていくのを自覚する。それは訪ねれば訪ねるほど、日が経過すればするほど強くなっていき当初は浮かべる事も出来ていた笑顔も消えてしまうほどだった。

だが、そんな状況に置かれている中でもリッチの様子は変わらない。そればかりか彼の野望は益々膨らんでいたようだ。というのも、本島にいる自身の友人達の中から建物の建設や修繕を行える職人を呼び寄せたのだ。しかも確実に必要になるという名目で電気配線等を行える技術士達も手配していた事を、後になってリッチ本人から聞かされもしたからか。5人の驚きは止まなくなってしまう。何より珊瑚島の事に協力してくれる理由が分からなかったからだろう。歌帆は問いかけた。

「どうして動いてくれるんですか？　その…珊瑚島の為に。」

「そうですね…。前にも言ったかと思いますけど、ここを人が集まって賑やかな島にしたいからですかね。あと…思い入れがある場所だからです。」

「思い入れ？」

「はい。といっても、私は来た事はありませんよ？　ただ私の祖父が若い頃、この島に来た事がありまして。その時の話をよくしてくれたんです。『珊瑚島での出来事は忘れられない。』と。そんな祖父の思い出の場所だから良い形で残したいんです。こういう島は本島と違う雰囲気があって、そこが素晴らしい場所ですから。その為に必要な事をしているだけですよ。」

「そう、なんですね。」

　自分達に手を貸してくれる理由を尋ねればリッチはそう答えていて。その表情は祖父との思い出を過らせているのか。どこか遠くを見つめている。するとリッチと歌帆の会話を聞きながら今度は明人が口を開いた。

「けど…本当にこの島にまた人が来れるようになるんでしょうか？　だって、この島にいる人の中で動けるのは僕達ぐらいしかいないんですよ？　いくらリッチさん達の手を借りても、その…。」

「難しすぎる。というか、無理だ。」

「俺もそう思うな。」

　５人の中で一番現実的に物事を考える事に明人は長けているからか。島の現状と相まって思わず嘆いてしまう。だが、そう思っているのは明人だけではなかったらしい。

それを表すように新や風喜も嘆き芽も頷く。そして改めて声に出してしまった事で困難だと思えてしまったのだろう。空気は重くなっていった。

それでも沈んでしまう5人の一方でリッチの様子は変わらない。そればかりか彼の中では5人の力が必要だと思っているらしい。その事を物語るように少し考え込んでいたかと思うとこんな事を口にした。

「…確かに難しいと思います。本島から来た人達にも実際に見て貰った時に『どの建物も壊れ方が酷くて新しい資材で一から建て直した方が早い。温室等に置かれている保温や暖房機材も修理したところで、使うのは危なすぎるぐらい老朽化している。』と言われていましたから。なので、難しくて不可能と思うのは当然ですし。私も少しそう思います。…けど、ここで動かなければ何も変わりませんよ？」

「そう、だろうけど…。」

「確かに今のこの状況だったら、人が集まり易い場所に戻るのは長い時間が必要です。数ヶ月…いえ、数年はかかってしまうでしょう。それでも諦めずに動き続ければ、きっと変わります。何より皆さんは若い。この島に元々いる人達だけではなく、私も含めてね。その若さがあればきっと大丈夫ですよ。ちゃんと力が1つになっていれば、ね。」

「っ。」

　そのリッチの言葉は何の確証もないと感じるもので。不快感も抱いてしまう人もいるであろう。それでも今の5人にとっては不思議と背中を押してくれているように感じたのだろう。徐々に明るいものになっていく。更には1つ息を吐いたかと思うと歌帆は呟くように言った。

「…そうだよね。ここで止めたら、何かもったいないし。」

「だな。やるだけやってみるか。」

『うん。それに面白そうだし。』

「暇だし。」

「…そうですね。まぁ、皆さんが言うなら僕も動きますよ。」

　歌帆の呟きに続いて風喜。芽は端末を使い、新も口数は少ないが頷く。そして呆れた雰囲気を漂わせながらも明人も協力する意志を示してくれたからか。珊瑚島の再開発の為に動く事を皆は改めて決めたのだった。

それから更に半年以上が経過して。話していた通りリッチが本島から呼んだ友人が建築方面を中心に腕の良い者達もいた事。更には本島から来てくれた者の中には植物や流行等の様々な情報に精通し、普及させる為に考える事が得意な者がいたおかげだろう。初心者でも育て易くて、少し珍しい植物に、本島でも喜ばれそうなアクセサリー等を作る事も思い付く。そして途中からは風喜と新が建物の建設や修繕、歌帆と明人が植物の栽培。芽はアクセサリー等の制作という具合に役割分担も行うようになった為か。以前のように暇だと感じる事は出来なくなってしまったが、5人の日々は確実に満たされたものになっていく。するとほとんど立ち止まらずに頑張って動き続けたからか。活動を始めた頃には島民達以外はリッチと彼の知人や友人達だけしかいなかった珊瑚島だが、祭りの開催を予定出来るようにまでになる。島民の親族だけを招くという小規模な内容であってもだ。それは珊瑚島の発展に対して1つの区切りが付けられたような感覚にもなれたからだろう。歌帆達の表情は以前よりも明るいものになっていった。

そんな日々を送っていた歌帆達だったが、僅かに気になる事があった。リッチの様子が変わってきたように感じたのだ。もちろん一見すると変わらないし、普段の様子にも特に変化はない。それでも度々、『ある人物』について尋ねてくるようになったのだ。『瑠璃ばあちゃん』の事を…。

（でも何で？　何で『瑠璃ばあちゃん』の事を知りたがるんだろう？）

それを聞かれるようになった時期については忘れてしまったし、今も尋ねてくるのは毎日ではない。だが、一度尋ね始めると『瑠璃ばあちゃん』の事、特に過去について尋ねてくるのだ。彼女の過去を全くと言っても良いほどに知らない歌帆達は困惑してしまう。しかも尋ねてくる時は探るような様子だったからだろう。歌帆達の困惑は動揺にまで強くなってしまう。それは日が経過すればするほど強くなっていったせいか。特に5人の中で歌帆が一番不思議に思っていたせいか。リッチも一緒に昼食を取っていた時、徐に口を開いた。

「あの…何で『瑠璃ばあちゃん』の事を気にし続けているんですか？」

「え？」

「あ、いや…。時々、聞いてくるじゃないですか。『瑠璃ばあちゃん』の事を。それが少し気になってしまって…。」

「…ああ。この前、ふと夜に島を歩いていたら彼女がいたのを見たんです。それも誰かを待っているかのように海を見ていて。後から思い出してみれば日中も同じように海を見ている事が多いので気になってしまって…。皆さん、何か知りませんか？」

「えっと…。」

ふと抱いた疑問を口にすればリッチは素直に答えてくれた。だが、逆にリッチから尋ねられたせいだろう。歌帆は言葉を詰まらせてしまう。すると彼女の姿に呆れてしまったらしく、タメ息を吐いた風喜が今度は口を開いた。

「確かに『瑠璃ばあちゃん』が誰かを待っているのは知っている。けどな…。」

「誰を待っているかは知らない。」

「…そうなんですか？」

「はい。『大切なお友達』だとは思いますけどね。何たって夜にも外に出たくなるくらいに会いたい方みたいですけどね。」

『それが誰なのかは分からないの。』

「…そう、ですか。どんな方なんでしょうね？　それほどまでに『大切なお友達』って。」

歌帆の代わりに風喜と新と明人は口々に、芽は端末を使って答えていく。自分達でも曖昧な答えだと思う言葉等でだ。そして尋ねたリッチも聞きたかった事を聞けずに不満を覚えたのか。一瞬だけ顔をしかめていたが、すぐに元のいつもの穏やかな様子に戻ったからだろう。答えられなかった事に罪悪感を覚えつつも5人は胸を撫で下ろしていた。

その出来事から更に3日後の、祭りの前日の早朝の事だった。いつもはアクセサリーやシーグラスを使った雑貨を作っていても、翌日に開催される祭りの飾り付けを任されていたからか。芽はまだ空が白み始めていたぐらいに早い時間でも起床。同じ建物内の一室で共に寝ていた歌帆を起こさないようにしながら出ていた。すると珊瑚島の再開発を機にその真面目な性格から自然と植物を育てるようになった明人は、この日も早く起きて植物の手入れを行っていた事。それを既に終えていたらしい彼と会ったからだろう。芽は端末にこう文字を打ち込んだ。

『おはよう。早いね、明人君。』

「…あなたもでしょう？　芽さん。もう踊り場へ行くんですか？」

『うん。だって明日の為の飾りが、あと少しだからね。少しでも早く終わらせたいじゃん。明人君も鉢を持っているって事は、そのつもりでしょう?』

「ええ、そうです。この植物等を少し並べようと思いまして。着いたら置くのを手伝ってくれます?」

見かけた瞬間、明人が荷車で鉢に入った複数の植物を運んでいたのに気が付いた。その状況から手にしていた植物達を踊り場に設置する事にもだ。それは同時に目的地も含めて今から行おうとしている内容も自分と似ているのも分かったからか。明人へ了承を示すように笑顔で頷くと、共にある場所…祭りの会場として使う為に2ヶ月前に作り上げた踊り場へと向かっていく。祭りの直前とは思えない、穏やかな時間だった。


だが、それも目的地へと辿り着くまでだった。というのも、踊り場には心なしか漂っている雰囲気がおかしい大人達がいたのだ。珊瑚島の発展の為に本島から来たリッチの友人達がだ。更には明人と芽に気付くと笑みを浮かべながら向かってきたのだが、その瞳には怪しい光が宿っていたのだ。それも2人に対しこう言い放ってきたのだから…。

「…っ。」

「…おや？　もう起きていたんですね？　まぁ、良いでしょう。…少し大人しくして貰うだけなので。」

「何を…!?」

明人よりも芽は大人の、特に男に対しての警戒心が強かったからか。近付く男達の異様さにも気付いた事で、彼らとは反対に後退りをし始める。だが、相手は大人な上に5人もいるのだ。逃げようとした時には既に遅く、すぐに捕らえられてしまう。更に明人も腹部を殴られた事で意識を喪失し、手足を縛られてしまったせいだろう。その様子に芽は腕の中で暴れる事も出来ず体を震わせる事しか出来なかった。


だが、2人の出来事に他の3人…歌帆と風喜、新が気付く事はない。むしろ翌日行われる祭りの事で気分が高揚し切っている為か。普段は起床するのが一番遅い歌帆ですら、芽が起きた約10分後には完全に目を覚ましていた。そして就寝等に使っている小屋から出れば、隣の建物から風喜と新も出てきたからだろう。3人も祭りの会場となる踊り場へと向かっていく。5人の中で一番読めないと思わせるぐらい感情が表に出てこない新ですら普段よりも瞳が輝くほどに、祭りに対し気分は盛り上がっていた。

そうして進んでいった3人だったが、その様子もやはり途中までだった。踊り場へ向かう途中で3人も捕まってしまったからだ。それも芽や明人の時と同じように珊瑚島の再開発に協力してくれていたはずの男達に…。

「やっぱり若いからですかね？　あの2人と同じで君達も本当に早起きだ。まぁ、おかげで簡単に捕まえる事が出来たから楽ではありますけど。」

「っ、あの2人ってまさか…。」

「ええ。芽さんと明人さんでしたっけ？　あの2人の事です。」

「何で…何で私達を…。」

「ああ、ある人に頼まれたんですよ。…誰かは分かりますよね？」

踊り場へ向かう途中に出る砂浜が見えてきた辺りで、急に知っている人達に襲われたせいか。抵抗するどころか告げられた言葉の意味を理解する事が最初は出来なかった。それでも芽と明人の現状も聞かされたからだろう。自分達と同じ者達によって襲われた事を否応なしに理解していく。更には自分達も知っている人が襲うように指示してきた事。自分達よりも前に襲われ傷だらけになってしまっていた芽や明人の姿も目の当たりにしたのだ。親達からかつて刻まれた忌まわしい記憶が3人の中で過るようになってしまう。そのせいで風喜や新だけではなく歌帆も、先に襲われた2人と同様に瞳から光を失ってしまうのだった。

だが、５人の絶望はまだ終わらないようだ。自分達を襲う事を指示した人物が、その姿を現したからだ。襲撃してきた者達よりも瞳に宿る光やまとう空気を禍々しいものにさせたリッチの姿が…。

「一気に捕らえる事が出来るとは。やはり仲が良いという事は素晴らしいですね。」

「何で…。何でリッチさんが…。だって…私達に協力してくれたじゃないですか！

なのに、何で…。」

「そうですね。確かに皆さんと一緒にこの島の為に動きました。けど、あれは皆さんと仲良くなりたかったから行っていた事です。『あるもの』を手に入れる為だけに。

それ以上の感情はありませんよ。」

「『あるもの』って…一体、何を？　そもそも何で僕達を…。」

「手に入れたい『あるもの』の事を知っているであろう人物を尋問する為です。けど、その人は簡単に答えてくれそうにない。けど、人質がいれば別だと思うんですよ。何たって自分が大切にしている島にいる子達ですから。」

「っ、それって…。」

「ええ。今、珊瑚島にいる人達の中で最年長でもある…『瑠璃ばあちゃん』こと『宝貝瑠璃』さん、ですよ。」

「…っ。」

その様子から今までのリッチ達の姿が偽りのものだという事は察していた。だが、実際に偽りであった事を告げられてしまったせいだろう。歌帆達の動揺は強まるばかりだ。更にはリッチの目的のものについては分からなくても、狙われているのが『瑠璃ばあちゃん』だと知ってしまったのだ。歌帆達は息を呑む事しか出来なくなってしまう。その一方でリッチは不敵な笑みを浮かべ続けている。大好きだった祖父を嘘吐き呼ばわりしていた事。それだけでなく祖父の子と孫だという理由で、自分の父親と自分自身に対して周りの者達から冷たく当たられていた。その者達をあともう少しで見返す事が出来ると思っていたから…。

そんな事を思っていたリッチだったが、完全には目的が達成出来ていないのも分かっていた。何より祖父も『野望があと少しで達成される。』という所まで辿り着けたが失敗してしまっていたのだ。まだ油断出来ないと思考を改めていく。そして尋問するべく仲間達に歌帆達を『瑠璃ばあちゃん』の所へ連行するように指示。皆は頷くと歌帆達を引きずるように歩かせ始める。リッチとその仲間達からの裏切りを知り、激しい動揺で未だ瞳に光が戻り切っていない歌帆達を…。

こうして引きずられるように歩かされて、どれぐらいの時間が経過したのだろうか。珊瑚島の面積を考えると、実際に経過している時間は長くない。1時間経つか経たないかぐらいだろう。だが、リッチ達に引きずられるように連れ回されている5人は足を止める度に言葉だけではなく、殴られたり蹴られたりという暴力を振るわれているのだ。時間の感覚は益々鈍くなっていってしまう。更にリッチ達からの行為によって実の親達からの暴力を十分に思い起こさせるものだったせいか。時間が経過している事に対して何も考えなくなってしまう。『瑠璃ばあちゃん』を尋問する為の道具として、ただ歩かされ続けていた。

そんな絶望としか思えない状況は悪化してしまう事になる。踊り場を通り過ぎた辺りに2人の人影があったのだ。現在の島長である『高じいちゃん』と『瑠璃ばあちゃん』がいたのだ。この日も『お友達』との再会を待っているかのように海を眺めている様子で…。

「おい！　何だ、おま…ぐっ!?」

「っ、高じいちゃん！」

自分達に複数の人間が近付いてきた事。その者達の中には歌帆達5人も含まれていたが、明らかに傷付けられた状態でいて。原因が5人の背後にいるリッチ達であると気が付いたからだろう。行為の理由をリッチ達に問い詰めようとした。だが、怒鳴る前にリッチ達は当然気が付いていたせいか。仲間の1人は高橋に素早く近付くと、下腹部に拳を入れてしまう。それにより高橋は抵抗どころか呻き声を上げて意識を失ってしまう。その光景に歌帆は悲鳴を上げた。


だが、この時の出来事のおかげで状況がまた変わる事になる。突然、『瑠璃ばあちゃん』が立ち上がったのだ。今まで腰かけながら背を向け、無言で海を見続けていただけだというのにだ。そればかりかしっかりとした足取りで振り向いただけではなく、歌帆達の置かれている現状もすぐに把握出来たらしい。同時にリッチの事にも気付いたのだろう。現にこう告げた。

「やっぱり私に用事があるみたいね。」

「へぇ、分かるのか。」

「ええ。長く生きているから。それに…あなたのその目には覚えがある。昔、そういう風に見てくる人達がいたから。」

「…瑠璃、ばあちゃん？」

そう告げる彼女は周囲からの呼びかけに答えない。だが、そう告げてくる姿は普段とは真逆の、ただ海を眺め続けているだけの様子とは異なっていた。むしろ言動や態度から相手を見る力は高齢になった今でも衰えてはいなかったのだ。『瑠璃ばあちゃん』の普段の姿が偽りである可能性が高い事を知った歌帆達はただ驚くのだった。

それでも男達は態度を改めない。特にリッチは『瑠璃ばあちゃん』の様子が変わっても怯むどころか驚く事もない。むしろ変化した『瑠璃ばあちゃん』の様子から『本来の彼女は今も会話がまともに行える。』と分かったからか。不敵な笑みを浮かべながら告げた。

「さすがこの島で一番長く生きているだけの事はありますね。私達の目的の人物が自分だと見抜けるとは…。話が早くて助かる。」

「…。」

「では、そんなあなたに早速尋ねます。…人魚の行方についてを。」

「…何の事でしょう?」

「おや、分かるはずですよ? だって俺に似た目つきをしていた人に、あなたは会った事があるんでしょう? 俺はその人の血を引いているので。」

「…っ。あなた、まさか…。」

「ええ、孫ですよ。といっても、彼…『金城』自身はもう亡くなっているので、彼と私が似ているのは目元だけ。だから、すぐに証明する事は出来ませんがね。」

「そ、んな…。」

最初は不敵な笑みを向けても『瑠璃ばあちゃん』が怯む事はなかった。だが、自分の正体を明かせば、『ある記憶』が過ってしまったらしい。それを示すように彼女の顔色は悪くなっていく。過っていた記憶の内容が内容だったのだから…。

過っていた記憶はある年の夏の出来事だった。その夏は『瑠璃ばあちゃん』こと

『宝貝瑠璃』だけではなく、彼女の大切な人だった『阿古屋勇《あこやゆう》』。更に他の幼馴染達でもあった『桜美々《さくらみみ》』や『平翔《たいらしょう》』、『馬蛤健太《まてけんた》』にとっても忘れられない季節だったのだ。波の音が響くばかりの穏やかな時がただ流れ続けている珊瑚島に人魚が流れ着いたからだ。しかも流れ着いた人魚は当時の瑠璃達と同じ年頃の容姿をしていた事。何より人間と人魚では生きている時間の流れが異なる為に不明でもあるが、少年の姿をした人魚は瑠璃達と同じ年頃を思わせる雰囲気を持つ者だったからだろう。突然現れた人魚に対し警戒するどころか、数年振りに再会出来た友人のように打ち解けていく。そして人魚の少年が探し物…自身の尾びれから剝がれてしまった鱗を探していた事もあってか。それを探した事もあり、人魚の少年と瑠璃達との間に深い絆が生まれていった。

だが、大変な出来事もあった。人魚がいるというのを知った金城や、彼の仲間達が珊瑚島に上陸。瑠璃達を襲撃しながら人魚を渡す事を強要してきたのだ。その後、島の大人達だけでなく人魚達の助けもあり、金城と仲間を捕らえる事に成功。それだけでなく追い出された金城達は多少でも罪を問われたらしい。珊瑚島に二度と近付く事が出来なくなったのだ。つまりあの夏の出来事は『嫌な思い出』だけというわけでもないが、金城の名前を聞いただけで襲撃された時の事を思い出し顔色を悪くしてしまう。それほどまでに良くない思い出ではあった。

その状態は数十年経っても変わらないようだ。現にリッチは『金城の孫』と名乗ってきただけだというのに、顔色は自然と悪くなってしまう。金城本人と再会したわけではないというのにだ。何よりリッチは行動だけでなく、自分達に向けてくる目付きも祖父である金城に似ていたせいか。人魚と過ごした日々は『嫌な思い出』だけではないはずなのに、金城達から受けた恐怖や苦痛の出来事ばかりが過ってしまう。そして過ってしまったもののせいで、自分へと近付いてくるリッチに金城の姿が重なって見えてしまったようだ。『瑠璃ばあちゃん』の体は震え涙が自然と溢れていた。

「こ、はく…。」

その声はリッチですら聞き取れないほどに、あまりにも小さいものだったからだろう。歌帆達だけではくリッチにも瞳を閉じたようにしか見えなかった。

だが、その存在は人間ではない者だったからか。はたまた強い絆を結んでいる『瑠璃ばあちゃん』が自身を諦めてしまうほどに追い詰められているのを察知したのか。ほとんど聞き取れないはずの声量に応えるように、急に大きな波しぶきが立つ。それだけでなく立った波しぶきから『ある者』が姿を現したのだ。遠くから見れば人に見えても人間ではない。むしろ腰から下は鱗に覆われている。更には足も人間のとは異なり魚の尾びれの形をしていた存在、人魚と呼ぶに相応しい姿をした者がだ。すると顔つきは整っていてまだ青年にも見えるぐらい若々しかったが、相手は未知の存在だったせいだろう。歌帆達は動揺してしまった。

一方のリッチと仲間達も人魚が突然現れた事に、一瞬でも固まってしまうほどに驚く。だが、やはりリッチだけではなくその仲間も、彼に似て野望を果たす為の行動には何のためらいもない事。更には今まで恐喝や詐欺等の罪を犯していた事で、恐怖というものに鈍くなってしまっているのだろう。すぐに動揺は治まってしまう。特にリッチは狙っていた人魚が目の前にいるのだ。仲間達以上に口元を緩ませると人魚の方へと距離を詰めていく。そして人魚を仕留める為に懐に忍ばせていた凶器…犯罪まがいの行為の過程で手に入れた殺傷能力を高めた銃を取り出そうとした。

だが、懐から拳銃は出されても、その銃口から実際に弾が発射される事はなかった。銃口を向けた瞬間、大きな波が再び発生。しかも発生した波は『ウミヘビのようなもの』に形を変え、リッチと仲間達を弾き飛ばすような動きで襲いかかってきたのだ。更には襲われた事で一瞬怯みながらも拳銃を手放さず、再び構えるリッチに『ウミヘビのようなもの』は何度も襲撃。何度目かで遂に拳銃を弾き飛ばす。すると歌帆と風喜、明人や新に芽の5人も人魚に未だ動揺し続けていたが、男達からの拘束が弱まっていた事に気付いたからだろう。その隙に踏み出すと『ウミヘビのようなもの』を避けながら、リッチ達と距離を取る。そして『高じいちゃん』は未だ意識を失っていても、風喜と新が両脇に抱えて何とか移動させたおかげか。リッチ達からの暴力以外では新たな傷を負う事はなかった。

こうして危機を脱したかに思えた歌帆達。だが、張り詰めた空気は意外にも緩まない。むしろ再び緊迫とした状態になっていく事に気付く。それが自分達を助けようとしてくれているはずの人魚の怒りが理由である事や、原因が『瑠璃ばあちゃん』の状態の悪化である事にも…。

「…許さない。よくも俺の…俺ノ大事ナ人ヲ！」

「ひっ…!?」

「風喜！」

「新君！　高じいちゃん！」

「…っ。」

意識を失っているだけでなく顔色も悪かった『瑠璃ばあちゃん』の姿を見たせいだろう。人魚は怒りの感情を芽生えさせ強くもさせてしまったらしく、海を思わせる美しい青い瞳は真っ赤に染まっていく。漂う気配も禍々しいものに変わってしまっていた。すると芽生えた感情は彼に『自分と瑠璃以外の者達は誰であっても排除する。』という考えも起こさせてしまったらしい。その証拠に歌帆と明人に芽は『瑠璃ばあちゃん』の傍にいた事で安全そうではあったが、リッチ達の方向にいた風喜と新と『高じいさん』には『ウミヘビのようなもの』が襲いかかってしまう。何度もだ。それは3人の目に絶望的な光景として映ったからだろう。思わず悲鳴を上げ、巻き込まれてはいないはずなのに顔も青ざめていく。だが、やはり人魚が攻撃を止める様子はない。むしろリッチや仲間達の気力はほぼ失われていったというのに、人魚の攻撃は激しくなる一方だ。そして彼らの命を完全に奪おうとするかのように、直前のよりも明らかに大きな『ウミヘビのようなもの』を人魚は生成。しかも『天候を操れる』という話も事実なのだろう。その逸話が正しい事を表すように、人魚が空に手を掲げると黒い雲も発生。雷鳴まで響き始める。それほどまでに恐ろしさを感じさせる力をリッチや彼の仲間達だけでなく、風喜と新に『高じいちゃん』にもぶつけようとしていた。

そんな時だった。友人達が人魚の攻撃で止めを刺されそうになるのを見ている事しか出来なかった3人の傍らで、『瑠璃ばあちゃん』の口が僅かに動いたのは。更に目も薄く開くと微かにこんな声も発したのは…。


「…め…。く…。」

「瑠璃、ばあちゃん…。」

「駄目、だよ…。こ、はく…。」

直前まで虚ろな表情を浮かべていた事で、『瑠璃ばあちゃん』が発した声は未だ吐息のようにしか思えないものだった。だが、やはり人間よりも聴力が優れていた事で声が聞こえただけでなく、発した者の正体も素早く認識出来たらしい。それを表すように『ウミヘビのようなもの』は未だ消えてはいなかったものの、雷鳴や動きは止まっていく。人魚自体の姿も真っ赤だった瞳の色が元の青へと変わり、気配も本来の穏やかな海を思わせるものへと戻っていく。それらの変化は人魚についてよく分からない歌帆達でも気付いた事。何より今度は危機的状況を脱したように感じられたのだ。痛みを感じてしまいそうなほどに入っていた体の力が僅かに抜けていくのも自覚するのだった。

一方の『瑠璃ばあちゃん』も人魚の様子の変化から、自分の声がちゃんと相手の心にも届いた事。更には怒りも鎮めていく姿に、人魚の中で自分との繋がりが今も残っている事を感じ取ったのだ。喜びを覚えるのは当然だろう。そして芽生えた喜びは自身が思う以上に強く、大きく育っていたらしい。現に僅かに体をふらつかせながらも人魚の方へ歩み寄ると口を開いた。
「ありがとう…。私達の事をずっと大切に、してくれて。守ってくれて、ありがとうね…。こは、く…。」

「…瑠璃、さん？　瑠璃さん！」

最初は危機を脱した事による安堵だと思われていた。だが、膝から崩れ落ちていった体に触れてみれば冷たくなっていた事。それが人魚から見ても異常だと感じてしまうほどのもので、強い絶望を感じた人魚は悲痛の声を上げてしまう。自分との繋がりの全てが無くなってしまいそうに感じた事で…。

その人魚…『琥珀』にとって瑠璃達との出会いは偶然だった。自身の尾びれの鱗が剝がれてしまった事。海流に乗っていったのを追いかけている内に辿り着いたのが珊瑚島だっただけなのだ。だが、初めて接した人間である瑠璃達は人魚である自分にも恐怖を覚えない。それればかりか尾びれの鱗の回収を手伝う事を自ら告げて、行動も起こしてくれた者達だったからだろう。最初は彼女達のその姿に戸惑いを覚えたが、すぐに喜びの感情が芽生えるようになる。そして珊瑚島に留まっていた時に金城達の襲撃はあったものの、琥珀の中で人間は『親しくしたい特別な存在』となっていったのだ。それは尾びれの鱗を全て取り戻し、金城達が姿を消した後も変わらない。むしろ瑠璃を含めた子供達だけではなく、大人の島民達も温かかったからか。皆の事を『見守っていきたい。』という意志が芽生えていく。現に顔は出さなくなり、また時々ではあったが海面近くまで上がっては瑠璃達を見ていたのだった。

だが、彼女を中心に見守り続けていた事で喜びや楽しみだけではなく、悲しみと辛さを感じる出来事も琥珀は経験してしまう。別れというものを度々目の当たりにしてしまったからだ。当然、仕事の都合や生活面の向上の為に出て行った者達も一定数はいた。だが、大半の島民達は命が尽きてしまった事で島から姿を消してしまったのだ。その人物は瑠璃や彼女の幼馴染達の親族だけではない。彼女の夫も含めた幼馴染達もだ。それは琥珀にとって『人魚と人とは時の流れが異なっている。』という事実を否応なしに理解させられたせいだろう。過った記憶も相まった事で、彼の胸の中にあった重くて暗いものは益々膨らんでいくばかりで。しかも幼馴染達が亡くなり涙を流す瑠璃の姿を何度も目の当たりにし続けたせいか。人間と同じ時を歩む事がほとんど叶わない、自身の『人魚』という存在に自己嫌悪もするようになっていた。

そんな琥珀だったからこそ瑠璃は特別な存在だった。周囲から『瑠璃ばあちゃん』

と呼ばれるぐらい、彼女の幼馴染達以上の長い時間を生きていてくれたからだ。何より時がいくら経過していても自分との繋がりを保とうとしているかのように、海へ向かって話をし続けてくれていたのだ。瑠璃の存在が琥珀の中で残り続けるのは当たり前だろう。だが、やはり湧いてくる感情は不快ではなく、むしろ温かさを感じるものだったからか。直接会話をする事はなくても、琥珀にとっては『ずっと一緒にいたい。』と思える相手だった。

その『瑠璃ばあちゃん』の命が尽きかけていたのだ。それを人魚であっても直感した琥珀は苦しみを感じながらも必死に呼びかける。だが、妙に穏やかな表情を浮かべながらも『瑠璃ばあちゃん』が目を開けてくれる事はなくって。今まで感じた事がないほど琥珀の鼓動は速く、そして激しく脈を打っていた。

一方の歌帆達も『瑠璃ばあちゃん』が膝から崩れ落ちるように倒れてしまい、更に近付いてみれば体温が異様に低くなっている事にも気が付いてしまったのだ。状態を確かめるように体に触れていく。すると口元と手首に触れた事で改めて『瑠璃ばあちゃん』の状態が分かったからか。明人は口を開いた。

「…大丈夫、だと思います。まだ『瑠璃ばあちゃん』の息はありますから。」

「っ、本当…？」

「はい。ただ、あくまで『多分』であって僕の見立てです。病院に行く必要はあるかと思います。体温が低すぎるし、顔色も悪いですから。」

「それにこいつらも何とかしないといけないし。祭りも中止にしないといけないしな。」

「ええ。なので外部、というか本島へ連絡を取った方が良いかと思う。というか、取らないと駄目だと思います。どうでしょうか？『高じいちゃん』。」

「あ、ああ…。そうじゃな。一通りの場所へ連絡しよう。」

「じゃあ、俺はこいつ等を縛って『瑠璃ばあちゃん』を自宅まで運ぶか。手伝ってくれるか？　新。」

「ああ。」

『なら、私は部屋を軽く掃除するね？　本島からお医者さんとか来た時に入り易いように。足りない物も把握したいし。』

「じゃあ、僕は『高じいちゃん』の手伝いをします。歌帆さんも一緒に来てくれます?」

「っ、うん。良いよ。」

「あと、あなたは今日はもう隠れていた方が良いかと思います。本島から来る人達は、この人達以上にひどい事をする可能性もあるので。」

「そう、ですね。分かりました。…ありがとうございます。」

皆へ提案してくる事は得意な歌帆だが、非常事態が起きた場合はやはり何に対しても冷静に見る事が出来る性格の明人の方が優れていたようだ。実際、琥珀に圧倒され、更に『瑠璃ばあちゃん』の急変で動揺していたとはいえ皆への指示が真っ先に行えたのは明人で。歌帆は何も言えないどころか、指示に従うように動くばかりだ。だが、明人の言葉をきっかけに体が動けるようになったからだろう。歌帆だけではなく風喜や芽、新も自然と安堵の息を漏らしていたのだった。

こうして明人からの指示を基に動いていけば、それが的確なものだったおかげか。

皆は立ち止まらずに動く事が出来た。すると立ち止まらずに動き続けられた事で、余計な時間を取らずにも済んだからだろう。翌日の祭りの中止の連絡と共に、本島から駆け付けてくれた警察へのリッチ達の引き渡しや医者の手配も難なく完了した。おかげでリッチ達からの襲撃という緊急事態は起きたが、その日の夜には島本来の静寂を取り戻した。更に『瑠璃ばあちゃん』は島外から呼んだ医師が診察をし、点滴等も受ける事が出来たおかげだろう。その日の夜には意識を取り戻し、翌朝には会話も可能になるぐらいなまでには体調も安定していた。

だが、歌帆達が胸を撫で下ろし切る事は出来なかった。診察と点滴等を行ってくれた医師から『瑠璃ばあちゃん』の命が残り僅かである事を告げられたからだ。しかも治療を行ったとしても生きられる時間の長さにはほとんど変化がない。いわば寿命が大きな理由である事も知らされたのだ。歌帆達が沈んだ様子になってしまうのは当然だった。それでも『彼女と少しでも長く時を過ごしたい。』と思ったからだろう。人は治療について改めて調べ、叶える為に動こうとしていた。

だが、歌帆達が望みを叶える事は出来なかった。『瑠璃ばあちゃん』自身から断られてしまったからだ。5人だけではなく『高じいちゃん』を含めた大人達、更に医師達も提案してくれたというのにだ。更には延命措置等についても拒否。そればかりか少しでも早く珊瑚島への帰還を強く望むと、こうも告げた。

「私は珊瑚島で少しでも長く過ごしたいの。あそこは私の故郷で大切な人達と過ごした思い出が沢山詰まった場所。そして今も待ってくれている人がいる。その人と話をしたりして過ごしたい。それが私にとっての幸せなの。…ごめんね。」

衰えてしまった思考はリッチの襲撃をきっかけに戻れたのだろう。語る『瑠璃ばあちゃん』の言葉に迷いはなく、強い意志を改めて感じさせるものだった。そして彼女のその姿に考えが改まらないと分かった事。何より彼女の意志を尊重したいとも思えたのだ。特に歌帆は亡くなった育ての親の影響で『瑠璃ばあちゃん』の事が大切だったからか。皆へ言い放った。

「…一緒に帰りたい、『瑠璃ばあちゃん』と。そしてあの島で過ごさせてあげたい。駄目、かな?」

「いや、俺達に言われても…。」

「本人が望んでいる事だしな～。」

『良いんじゃない？　一緒に帰れば。』

「…そうですね。そうしましょうか。」

「っ、皆…。」

皆にも『瑠璃ばあちゃん』の意志や、それが変わらない事も十分に伝わっていたようだ。その事を物語るように少し呆れた様子でもあったが受け入れてくれた。そして皆が受け入れてくれた事に歌帆は安堵すると『高じいちゃん』にも相談。『高じいちゃん』も受け入れてくれただけではなく、他の島民達にも報告してくれた。おかげで『瑠璃ばあちゃん』の事を皆は周知。受け入れてもくれた事で珊瑚島での最期を迎える事になったのだった。

それから更に1ヶ月も経たない頃だった。遂に『瑠璃ばあちゃん』に最期の時が訪れたのは。しかも前日まで彼女が琥珀に会って話をしている姿も見る事が出来ていたからだろう。翌朝、自宅で亡くなっているのを発見したのは歌帆だったのだが、最初は眠っているのだと勘違いをしてしまった。だが、呼びかけても全く反応を示してこなかった事。それに違和感を覚え近付いてみれば呼吸や脈が完全に止まっていて、更にその体も既に冷たくなっていたせいだろう。ようやく『瑠璃ばあちゃん』が亡くなっている可能性が高い事を察した。そして動揺しながらも島外から呼んだ医師に診て貰った事で、彼女が本当に亡くなっているのが分かったからか。特に歌帆は一番最初に見つけた事もあり強いショックを受けてしまう。それを表すように歌帆の顔色は風喜や新、更に芽や明人よりも悪いものになっていた。

だが、芽生えているのが深い悲しみや苦しみの感情だけではない事も歌帆は自覚していた。『瑠璃ばあちゃん』の死に顔が苦痛で歪んだものではなく、微笑みを浮かべているようにも見えるぐらい穏やかだったからだ。それは望み通り自身が生まれ育った珊瑚島で最期を迎えられたからか。はたまた亡くなる前日まで彼女にとっての一番の望みである琥珀に毎日のように会って話が出来ていたからか。その想いを知る事は出来ない。だが、穏やかな表情を浮かべているという事は『瑠璃ばあちゃん』が満たされていた事を示していたからだろう。その事に救われているのを歌帆は改めて自覚する。自身の中に芽生えていた『私は何も出来なかった。』という想いが弱まっていった事で…。

　そんな歌帆だったが、まだ行いたい事があった。『瑠璃ばあちゃん』が大切にしていた人魚の琥珀に会い、彼女の死と『ある事』を伝えるというものだ。すると『瑠璃ばあちゃん』の死に顔が穏やかだったおかげで悲しみが深くなりすぎずに、むしろ『時間が経過しては決意が揺らいでしまう。』という考えが湧くくらいには常と変わらない状態でいられたおかげか。『瑠璃ばあちゃん』を看取った翌日の早朝に歌帆は海岸へと向かう。そして誰の姿もなかったが、そこが『瑠璃ばあちゃん』が生前琥珀と会っていた場所だと知っていたからだろう。まだ空が白み切れていない、紺に近い色の海に向かって口を開いた。

「こうしてあなたと話したのは初めてですね。えっと…改めて自己紹介させて下さい。『青島歌帆』と言います。今日はあなたに話とお願いがあってきました。もう気が付いているかもしれないけど『瑠璃ばあちゃん』…ううん、『宝貝瑠璃』さんが亡くなりました。」

「…。」

「何も言わなくて良いです。それでお願いもあって。近い内に『宝貝瑠璃』さんは火葬され、骨となって帰ってきます。その彼女の骨をあなたに貰って欲しいのです。」

「…っ。」

「受け入れたくないかもしれないけど、でも私はあなたに受け取って欲しいのです。あなたは『宝貝瑠璃』さんが大切にしていた人だから。お願い、出来ませんか？」

そう告げる歌帆の話を琥珀はちゃんと聞いていたようだ。リッチの時の事があってか姿を見せてはくれなかったものの、青い鱗に覆われた尾びれを海面から出してくれた。更には承諾を示すように1つ叩いてみせてくれたのだ。いつの間にか妙に強張ってしまっていた体の力が抜けたのを歌帆は実感するのだった。

琥珀と会話なき約束を交わした2日後。本島にて小さな葬儀を終えると『瑠璃ばあちゃん』は小さな骨壺に収められた。すると少し前とは全く異なる姿に変わってしまったせいなのか。歌帆だけでなく風喜や新、芽と明人も『「瑠璃ばあちゃん」が亡くなった。』という感覚が鈍ってしまいそうになる。それでも記憶の中には穏やかとはいえ『瑠璃ばあちゃん』の死に顔が残っていて。何より既に身寄りらしい身寄りがいなくなっていた為に、彼女の骨拾い等も自分達が行ったのだ。その時の記憶もあって歌帆達は否応なしに『瑠璃ばあちゃん』の死を受け入れていく。だが、認識した事で苦しみが再びよみがえってしまったからだろう。『瑠璃ばあちゃん』の骨壺を抱く歌帆の力は必然的に強くなってしまう。そして友人達も歌帆のその様子に気付き、心配になったからか。４人は浮かない表情で歌帆を見つめてしまう。それらもあって珊瑚島へと戻る船には重苦しい空気が漂ってしまった。

だが、歌帆が立ち止まる事はない。琥珀との言葉なき約束を果たさなくてはならないからだ。すると話を聞き知っていたとはいえ、ほとんど歌帆が1人で動いていた事を知っていた事。更に『瑠璃ばあちゃん』の骨を琥珀に渡す事も1人で行おうとしていたのも気付いていたからだろう。風喜は不意に口を開いた。

「なぁ、本当に大丈夫なのか？　ほとんどお前1人でやっているだろう？『瑠璃ばあちゃん』の事。」

「風喜…。」

『そうだよ。おばあちゃんが死んじゃった時のお葬式も『高じいちゃん』以外は歌帆ちゃんが頑張っていたし。』

「あの人魚…琥珀、だったか？　アイツへ話しに行ったのもお前だけだった。しかも『瑠璃ばあちゃん』の骨を今から1人で渡しに行くんだろう？」

「まぁ、琥珀さんに『瑠璃ばあちゃん』を任せようとしている事は、あくまで想像ですけど。でもいくら家族、みたいな存在として一番近いのは歌帆さんだけだったとしても、1人で動きすぎですよ。」

「皆…。」

風喜を筆頭に口々に言い始める友人達。心配しているとはいえ少し責め立てるような口調でだ。そして皆のその姿に驚きながらも、それ以上に喜びを感じたからか。歌帆は1つ息を漏らすと答えた。

「ありがとうね、皆。心配してくれて。…けど、皆が考えているよりも私は大丈夫だよ？」

「…。」

「確かに『瑠璃ばあちゃん』が死んじゃった時、沢山動いていたよ？　でもね、それは仕方ない事だもん。私の『お母さん』に任されていたから。『自分が死んだ後に私のお祖母ちゃん…『宝貝瑠璃』さんの事をお願いね。』って。それを私は叶えているだけだよ。」

「歌帆さん…。」

「それにね。私、『瑠璃ばあちゃん』が会いに行っているのを少し見ていたりしていたから何となくでも分かるの。あの人魚…琥珀君は怖い事も出来るけど、それ以上に優しいんだって。」

「お前…。」

「だから私は最後まで動くし、『瑠璃ばあちゃん』の事を琥珀さんに任せる事にもしたの。だから私が連れて行くんだ。約束をしたのは私だから。」

「…そうか。」

歌帆の里親になってくれた女性は、確かに『瑠璃ばあちゃん』の孫娘だった。しかも亡くなる直前まで親代わりに大切にされていた事も聞いていたのだ。彼女が亡くなった事で代わりに動くのは仕方がないのかもしれない。その事を4人も頭の中では当然分かっていた。だが、だからこそ相変わらず1人で抱え込むかのように動き続ける歌帆を立ち止まらせたかったのだ。それでも当の歌帆の様子を見れば、やはり『瑠璃ばあちゃん』の事に対して自分で動く意思を示し続けていたからだろう。4人の口からはそれ以上の言葉は出てこなくなってしまう。結果、5人集まっているというのに、葬式の帰りの船の中のように空気は重くなってしまっていた。

そんな状況だったが数時間後には以前に近いものに戻っていく。琥珀の所へ『瑠璃ばあちゃん』を届けようとした歌帆に4人が姿を現したからだ。それればかりか『自分達も一緒に琥珀の所へ向かいたい。』と告げてきたのだから…。

「駄目か?」

「駄目、じゃないけど…。」

「もうこれで『瑠璃ばあちゃん』とはお別れでしょう?　だからです。」

「皆…。うん…良いよ。」

本島から珊瑚島へ戻ってきた時にはこの世とは思えないほど異様な静けさに包まれていて、その状況の中で急に声をかけられたせいか。肩が跳ね上がってしまうほどに歌帆は驚いてしまう。だが、風喜や明人の言葉、新と芽の様子から琥珀の所へ一緒に行くのを望み、それを改めない事も察知する。何より皆を見ている内に1人では心細かった事に気が付いたからだろう。歌帆は頷く。そして『瑠璃ばあちゃん』が納められている骨壺を抱えて歌帆達は歩き始めた。

すると自分が思っていた以上に今までは何かが張り詰めていたようだ。それを表すように皆と一緒である今の方が足が軽くなっている事を自覚する。そして晴れたような感覚にもなった歌帆は、琥珀に『ある事』も頼みたくなったからか。それを告げる為に密かに気合いを入れ直すのだった。

そうして皆と共に辿り着いた歌帆は琥珀に頼み事をしたのだ。『瑠璃ばあちゃん』との思い出を話して欲しいと…。

「思い出話、ですか？」

「はい。聞かせて欲しいんです。あなたがいなくなってしまう前に。」

「っ、何で…。」

本来の住処となる海の深い所へ戻る事をやはり決意していたのだろう。それを指摘された事に琥珀は驚いた様子だった。そして歌帆はそんな彼を見つめながら再び口を開いた。

「何となく、でしょうか？　そもそもあなたが私達の前にこうして姿を見せてくれているのは『瑠璃ばあちゃん』の事があったから。『瑠璃ばあちゃん』が会う事を望んでくれていたからですよね？　でも、その『瑠璃ばあちゃん』はいなくなってしまった。それは私達の前にあなたが姿を見せてくれる理由もなくなってしまった事にもなる。だからこそ今、少しでも聞きたいんです。私達は『瑠璃ばあちゃん』を知っているけど『宝貝瑠璃』さんの事は知らないから。」

「彼女…『小笠原歌帆』さんは『宝貝瑠璃』さんのお孫さんの娘さんになるんです。」

「正確には育ててくれた人だから血の繋がり、っていうのはないけどな。母親みたいなものだったんだ。だから…。」

「知りたいって思うのは当たり前だと思う。俺達も『瑠璃ばあちゃん』でしか知らないから。だから話してくれないか。」

「…っ。そう、なんですね。分かり、ました。俺の知っている彼女でしたら話しましょう。」

そう告げて頭も下げてくる歌帆達の姿は誠実なもので。それが琥珀にも伝わったのか。真っ直ぐな彼女達の姿に促されるように琥珀は語り始めた。すると最初は戸惑っていても話をしていく内に、自分の中にあった重いものが少しずつ軽くなっていったのだろう。一度も止める事なく琥珀は語ってくれた。『宝貝瑠璃』と彼女の友人達と出会った、あの夏の出来事。その後にも何度も経験する事になった出会いと別れの話を…。


そうして話し始めて、どれだけの時間が経過したのだろうか。正確な時間はやはり分からなかったが、経過した時間の長さを示すように空は朱色に染まり始めている。

だが、琥珀だけではなく歌帆も『瑠璃ばあちゃん』の話や想いを吐き出す事が出来たからだろう。その表情に疲労の色はない。むしろ僅かであっても晴れやかさを感じさせるものを浮かべられるようになっている。穏やかな空気が流れていた。

だが、それにいつまでも浸り続けるわけにはいかない。本来の約束を実際にはまだ果たせていないからだ。そう改めて思い直した歌帆は１つ息を吐くと立ち上がり口を開いた。

「じゃあ、『瑠璃ばあちゃん』の事を改めてお願いしますね？　琥珀さん。」

「はい。…確かに受け取りました。今から思い出の詰まったこの海で静かに眠らせますね。」

歌帆の言葉に琥珀は頷く。そして歌帆から骨壺を受け取ると少し沖の方へ向かって泳いだ後にフタを開放。中に納められていた骨が全て出たのを確かめると、振り向いて言った。

「それでは僕はこれで。ありがとうございました。」

「ええ。お元気で。」

改めて別れの言葉を口にすれば歌帆は答え、他の４人も手を振っている。やはり晴れやかな様子でだ。そして5人のその様子を見つめてから琥珀は尾びれを跳ねさせながら飛び込むように海の中へ。歌帆達も琥珀と、彼と共に僅かな泡を立てながら消えていく『瑠璃ばあちゃん』の様子をしばらく見守った後に小屋へと帰っていった。

そんな出来事から更に5年以上もの時が経過して。5人の子供…歌帆と風喜、明人や芽に新は成長していた。もちろん見た目だけではなく内面もだ。それは今度自分達の生みの親やリッチ達のように恐怖を与えてくるばかりの存在を前にしても、ただ震えるだけでは終わらせない。少しでも抗おうと考えるぐらいには強い心を持てるようになっていた。そして実際、成人扱いをされるようになってくる年齢の18歳が近付いてくると、5人は珊瑚島を出る事を決意。島を出た後の事に想いをはせながら準備を進めていく。島に来る前に体験した事だけでなくリッチ達からの襲撃をきっかけに見え始めていたのだ。それぞれ島を出た後に行いたい事が…。

例えば『沖野風喜』はリッチを引き渡す際に対応してくれた警官が格好良く見えた。

その感情はただの憧れだけではなく、『この人達みたいな存在になりたい。』という強い想いも芽生えていたのだろう。彼らのような警官になる事を決意するようになる。そして決意した事を誕生日を迎える直前に皆へ宣言。勉学が得意ではない事で主に明人から不安視されたりもしていたが、風喜の様子から決意が固い事を察知。何より明人も同じ養護施設で育った為に過去を知っていたのだ。周囲の大人だけでなく交番にいる警官に声をかけても、虐待してくる両親から保護をして貰えなかった事。『自分は気付いて動ける人になろう。』という考えを持つようになった事をだ。だからこそ明人は呆れつつも風喜を応援。風喜は眩しさを感じさせる笑顔を浮かべながら珊瑚島を後にした。

その『田代明人』もリッチ達の事をきっかけに、住む人達がいなくなっていく島や村が珊瑚島以外にも多く存在すると知った事。それは『珊瑚島のようになっている場所を少しでも賑やかな所に戻したい。』という考えを少しずつでも湧かせるものになったのだろう。少しでも実行し易そうな手段の1つとして役場で働く事を決める。するると元々、親から冷遇されるという現実を忘れるように勉強をし続けていたおかげか。両親を振り向かせる事は出来なくても学力だけは気付けば向上していた。そして上がった学力は役所の、更には地域の復興等に携わる立場になる際に必要な力にもなっていたようだ。それを表すように本島の役場での採用がすぐに決定。希望する部署ですぐに動けるように気合いを入れながら、誕生日を迎えて数日後に珊瑚島から離れていった。

『小笠原芽』が将来について考えるようになれたのは、リッチの本性が明るみに出る前。『さんご祭り』の準備をしている時だった。『さんご祭り』の準備として行っていたアクセサリー作りの際に、『この時間が一番何も考えずに過ごせる。』という事に気が付いたのだ。更には珊瑚島へ来る前から自分のように、親族達から欲を発散させるという暴行で心身に深い傷を負う者が少なくないと知っていた事。経験者だったからこそ分かる事が多く、同時に『僅かであっても癒したい。』とも考えていたのだ。そして自分のそれらの経験等により物作りで傷が癒せる可能性に気が付いたのだろう。本島で自分の話を聞いてくれていた女性カウンセラーに改めて相談した後、彼女の助手を務めたいという意志を示したのだ。それに女性カウンセラーは最初こそ驚いていたようだが受け入れてくれたからか。少しでも早く多くの事を学ぶべく、芽は緊張した様子で島から出ていった。

『石垣新』がリッチ達の襲撃で知ったのは自分の無力さだ。５人の中で一番背が高くて腕力があったのも自覚していたのに、友人達が暴力を振るわれていたのを助けられなかったからだ。むしろ５人の中では周りを静かに見る事が出来ていると思っていたのに、リッチ達の本性を見抜けなかったのだ。それは大人になれていないと改めて思い知らされる事にも繋がったのだろう。体だけではなく心も、何より友人達を含め大切な人を守れる存在になる為の手段について改めて考えていくようになる。そして風喜が警官へとなろうとしている事を聞き触発されたのか。人を守れる存在として自衛隊員になる事を決意。その想いは自分でも予想以上に強かったらしく、実際18歳になる２ヶ月前には島を離れていった。

こうして旅立っていく若者達の後ろ姿を見送る者がいた。彼らの友人で、５人の中で一番最後に島を離れる事にしていた『青島歌帆』だ。といっても、４人のように将来へと繋がるであろう道や夢がなかった為に島を出るのが遅くなったわけではない。

むしろ4人が将来について考えるようになっていた頃には、彼女の中には既に夢のようなものがあった。つまり出ようと思えばすぐにでも珊瑚島から出られたのだ。それでも残り続けていたのは決めていたからだ。友人達が夢を叶える為に島を出ていくのを見送る事を…。

だが、その日々も終わりを迎えようとしていた。4人の友人の中で一番最後まで残っていた風喜が3日前に珊瑚島を出ていったからだ。それは自分で勝手に決めていた事とはいえ、実際に達成されてしまえば寂しく感じてしまったらしい。その事を物語るように歌帆の表情は無意識の内に沈んだものになってしまっていた。

それでも俯き続けるわけにはいかない事も分かっていた。あと2日後には自身も先に出て行った友人達と同様に珊瑚島を離れるからだ。行き場を失いかけている子供達の心と体を少しでも休ませる事が出来る場所…児童養護施設で働く事を決めている為だ。もっとも児童養護施設で働く為には保育士の資格を持っている方が有利で、今度行われる予定の試験を受けて合格しなければならない。つまり児童養護施設で働けるようになるまでの道は決して近くはないのだ。

（…けど、負けないよ。『お母さん』とこの島のおかげで今の私がある。目標も持って生きられるようにもなった。その事を少しでも多くの子に知って貰って、同じように夢も持って生きて欲しいから。)

生まれて間もない頃に児童養護施設の前に捨てられていた自分を『お母さん』が引き取って育ててくれた。そこで働いていた保育士だった事もあってだ。更に『お母さん』は自身の死が目前に迫った際には、珊瑚島について話す事で居場所として導いてもくれた。おかげで歌帆は大変な目にも遭ったが、それ以上に良い思い出が沢山出来たのだ。そのきっかけを作ってくれた『お母さん』へ強い感謝の想いが芽生えていくのは当たり前といえば当たり前になるだろう。そして感謝しているからこそ歌帆は考えるようになったのだ。『お母さん』のような存在になる事。その際に必要となるであろう知識や資格を少しでも多く手にする為に……。

(だから頑張るよ。この島の為にも、ね。)

自分のように最終的には子供を引き取り、この場所で育てる事を考えていた歌帆。そして珊瑚島と関わり続ける予定でいるのは彼女だけではない。風喜は島の中での治安を守れるように警官に、明人は観光や移住へ導けるような役人に。芽は精神が不安定になってしまった者達を島に迎え入れアクセサリー作り等も介して癒せるようなカウンセラーに、新は島周辺の安全を見守れるように自衛隊に入る。つまり全て珊瑚島を良い形で残せるように考え選んだ道だった。それは珊瑚島の事が大切な歌帆にとって強い喜びを感じるもので。その喜びを糧に歌帆は日々学習に励み、終えた今では引っ越し作業の糧にしながら過ごしていた。

　こうして若者達がいなくなっていく事で珊瑚島は益々寂しくなってしまった。だが、その寂しさはきっと一時的なもの。長い年月が必要になってしまうのだろうが、いつかは若者達が戻ってきてくれ島に新しい風を吹き込んでくれるのだろう。

　そんな島の変化は人だけではなく海に棲む者にとっても楽しみなようだ。それを物語るように島を離れていく若者達の背中を、海面から何者かが頭を出したりしていた。もっとも本島での生活を想像し、期待と不安に駆られているからだろう。歌帆も含め誰も海から頭が出ていた事に気付けない。当然、尾びれが海面を叩き付ける音にも

——。

あとがき

こんにちは。もしくは初めまして。この度は『泡となって消えるまで』を手に取って頂きありがとうございます。作者として感謝の気持ちで一杯です。

この書籍には別れが絡んだ話が4つ入っています。別れというのは悲しく辛いものですが、大きな出来事との出会いもあると考えています。例えば今回の書籍内でも全て別れと出会いが等しく訪れています。『溶けない初恋』では初めて恋をした相手との別れを経験しますが、その出来事をきっかけに小説家になります。『こどものせかい』では死んでしまった自分の子供と会う事で、違う未来を掴みます。『雨傘を差した君へ』では1人の少女との出会いで、自分の家族の幸せな姿を見る事が出来ます。『泡となって消えるまで』では1人のお婆さんと別れてしまいますが人魚との繋がりを知り、少女達は未来へ進む事が出来ます。…という風に、各話ごとに辛い出来事を経験しますが、最後には明るい方へと進む事が出来るのです。現実では物語のように上手く進む事が難しい場合が少なくありません。それでも少しでも前向きになれるように、今回４つの話を書いてみました。

最後になりましたが、皆さんの１つでも多くの願いが叶う事を願っています。ありがとうございました。

著者プロフィール

蔵中 幸（くらなか さち）
8月2日生まれ。愛知県出身。
県立特別支援学校を卒業後、約6年間事務員を務める。
その後退職し小説家を志す。
趣味はファンタジーの世界を中心とした物語を考える事。
著書『人魚の島』（2017年　文芸社）
　『ゲート～想いで繋がる場所～』（2021年　文芸社）

泡となって消えるまで

2025年２月15日　初版第１刷発行

著　者　蔵中 幸
発行者　瓜谷 綱延
発行所　株式会社文芸社
〒160-0022　東京都新宿区新宿１－10－１
電話　03-5369-3060（代表）
03-5369-2299（販売）

印　刷　株式会社文芸社
製本所　株式会社MOTOMURA

ISBN978-4-286-26173-7